Lv2からチートだった元勇者候補のまったり異世界ライフ16

Chillin Different World Life of the EX-Brave Candidate was Cheat from Lv2

Miya Kinojo 鬼ノ城ミヤ

Illustrations by 片桐

Name
ゾフィナ
∞
Name
タニア
∞

Name
リヴァーナ
∞
Name
ワイン
∞

「あはは……面目次第もないであります」
Name
アルンキーツ
∞
「まぁ、しかし、だ、それもまたアルンキーツらしくて良いではないか」
Name
金髪勇者
∞

Level 2
ATK……∞
DEF……∞
AGI……∞
MP……∞
HP……∞
Chillin Differ
Life of the EX-Brave Candidate was Cheat from Lv2
Lv2からチートだった
元勇者候補の
まったり異世界ライフ16
著 鬼ノ城ミヤ イラスト 片桐

Characters

Chillin Different World Life
of the EX-Brave Candidate was Cheat from Lv2

フリオ

フリース雑貨店を営む
元勇者候補。

リース

牙狼族でありフリオの妻。

ワイン（人族の姿）

ハイスペックだが
大食いな居候。

リヴァーナ

誇り高き水龍族の少女。

ガリル

フリオとリースの息子。
姫女王のことが気になっている。

エリナーザ

フリオとリースの娘。
フリオのことが好き。

リルナーザ

エリナーザの妹。
サベアや魔獣達に懐かれている。

ベンネエ

日出国の言条大橋に取り憑いた
強者を求める剣豪の思念体。

ヒヤ

光と闇の根源を司る魔人。

ダマリナッセ

精神世界で修練中の
暗黒大魔導士。

ベラノ

無口で人見知りの
小動物的教師。

ベラリオ

ミニリオとベラノの子供。

Chillin Different World Life of the EX-Brave Candidate was Cheat from Lv2

Characters

Chillin Different World Life
of the EX-Brave Candidate was Cheat from Lv2

ゴザル

史上最強と言われる元魔王。

ウリミナス

ゴザルの妻にして
魔王時代の側近。

バリロッサ

ゴザルの妻である元騎士。

フォルミナ

ゴザルとウリミナスの娘。

ゴーロ

ゴザルとバリロッサの息子。

スレイプ（人族の姿）

元魔王軍四天王の一人。
ビレリーと同棲中。

ビレリー

スレイプと同棲中の元弓士。

リスレイ

スレイプとビレリーの娘。

ウーラ

正義感の強い鬼族で
行き場をなくした魔族達の長。

ブロッサム

農作業に精を出す元剣士。

コウラ

ウーラの娘。
マイペースで口数が少ない。

グレアニール

フリース雑貨店で働く魔忍族。

hillin Different World Life of the EX-Brave Candidate was Cheat from Lv

Characters

Chillin Different World Life
of the EX-Brave Candidate was Cheat from Lv2

エリー（姫女王）

正義感が強い苦労人で魔法国の女王。

ルーソック（第二王女）

外交を担当しているのんびり屋。

スワン（第三王女）

明るい性格で内政を担当している。

テルビレス

神界を追われたお酒好きな駄女神。
ホクホクトンの家に居候中。

タニア（神界の使徒）

記憶を失ったフリオ家の押しかけメイド。

ゾフィナ（神界の使徒）

責任感が強く義理堅い。
気苦労が絶えない神界の使徒。

カルシーム

元魔王代行。チャルンと共に、
フリオ家に居候中。

チャルン

カルシームの妻となった魔人形。
お茶を煎れるのが得意。

ラビッツ

カルシームとチャルンの娘。
カルシームの頭の上がお気に入り。

サベア（一角兎の姿）

フリオ家のペット。
一角兎のシベアとつがいに。

シベア

サベアのお嫁さんの一角兎。

スベア

サベアとシベアの子供。
ややツリ目気味の一角兎。

セベア

サベアとシベアの子供。
可愛い目つきが特徴。

ソベア

サベアとシベアの子供。
一角兎だが、体毛の色は狂乱熊。

Chillin Different World Life of the EX-Brave Candidate was Cheat from Lv2

Characters

Chillin Different World Life
of the EX-Brave Candidate was Cheat from Lv2

金髪勇者

勇者なのに魔法国から指名手配中。

ツーヤ

金髪勇者と共に逃避行中。
お財布の中身が心配。

ヴァランタイン

邪界十二神将の妖艶な魔人で
見た目に反して大食い。

アルンキーツ

稀少魔族である荷馬車魔人だが
魔力が少ない。

ガッポリウーハー

稀少魔族である屋敷魔人だが
戦闘は苦手。

ドクソン

ゴザルの弟にして
仲間想いな新魔王。

フフン

ドクソン側近のドMサキュバス。

ベリアンナ

口は悪いが妹想いの悪魔人族。

アイリステイル

ガリルの同級生で
ベリアンナの妹。

サリーナ

ガリルの同級生。
ガリルに気があるようで……？

闇王

元魔法国の国王にして
闇商会の会長。

Level 2～

ATK ∞
DEF ∞
AGI ∞
MP ∞
HP ∞

Chillin Different World Life of the EX-Brave Candidate was Cheat from Lv2

Level 2～

Lv2からチートだった元勇者候補のまったり異世界ライフ 16

Contents

Chillin Different World Life of the EX-Brave Candidate was Cheat from Lv2

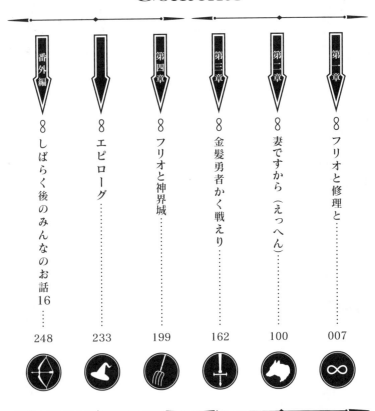

第一章 ∞ ……フリオと修理と……∞

――クライロード世界。

剣と魔法、数多《あまた》の魔獣や亜人達《たち》が存在するこの世界では、人種族と魔族が長きにわたり争い続けていた。

人種族最大国家であるクライロード魔法国と魔族の最大組織である魔王軍との間に休戦協定が結ばれ、クライロード世界には平穏な時が流れ続けていた。

そんな中。天動説の世界であり、世界の周囲を球状の魔法防壁が覆う球状世界が数多存在しており、クライロード世界はそんな球状世界の中の一つである。

そんなクライロード球状世界の周囲を覆っている魔法防壁が破損するという前代未聞の大事件が勃発。

クライロード球状世界を統治している女神と、その配下である神界の使徒達の手によって修繕作業が急ピッチで行われていた。

もっとも、球状世界の中で暮らしている人種族や魔族達はそんな事を知る由もなく、平穏な日々を過ごしているのだが……。

この物語は、そんな世界情勢の中ゆっくりと幕を開けていく……。

◇＊＊＊◇

クライロード世界は、天動説の世界である。

球状に張り巡らされている魔法防壁の中央部に大陸棚があり、その上に広大な大地や海が存在している。

浮遊魔法を使用出来る魔法使役者や、飛翔《ひしょう》出来る魔獣達がひたすら上昇すれば、理論上はやがて魔法防壁に到達出来るはずなのだが、魔法防壁の周囲には近接拒絶魔法が展開されており、いくら近づこうとしても同じ空間を延々と飛行し続け、決して魔法防壁へ到達する事は出来ない仕組みになっている。


唯一、近接拒絶魔法の影響を受けない方法――それは神界魔法により近接拒絶魔法を無効化する事である。

しかし、この魔法を使用出来るのは、神界の使徒をはじめとした球状世界の管理に携わっている神界の者か、なんらかの方法で神界魔法を習得したごく一部の種族に限られる。


そんなクライロード球状世界の遙《はる》か上空。

魔法防壁の外側に、フリオとエリナーザの姿があった。

クライロード球状世界に転移した際に二人分の加護を得た事により、一度体験した魔法を全て習得出来るレア魔法の『完全習得魔法』を所持しているフリオと、その能力を受け継いでいる娘のエリナーザの二人だけが、このクライロード球状世界の住人の中で神界魔法を習得しており、近接拒絶魔法を無効化し、魔法防壁へ到達する事が出来るのであった。

フリオとエリナーザは、近接拒絶魔法を無効化し、浮遊魔法を使用して魔法防壁の外側へと移動していた。

「こんな上空から見下ろしていると、あの大地のどのあたりにホウタウの街があるのかわからないわね」

エリナーザは物珍しそうな表情を浮かべながら、魔法防壁の中――遙か下方にあるクライロード大陸を見下ろす。

――エリナーザ。

フリオとリースの子供であり、ガリルの双子の姉で、リルナーザの姉。

しっかり者で魔法の探究に没頭している。重度のファザコンをこじらせている。

最近は、魔導書の収集と実践に余念がない。

エリナーザの額にある宝珠が輝いており、彼女が自らの力を解放しているのがわかる。

神界の加護を二人分授かった事により、Ｌｖ２になった際にステータスウインドウに表示される上限数字を突破するほどの能力と、クライロード世界の全てのスキル・魔法を身につけたフリオ。その娘であるエリナーザは、フリオの能力を受け継いでおり、球状世界の住人ではありえない魔法の能力を身につけており、その能力の全てが額の宝珠に集約されている。

両腕を魔法防壁に向かって伸ばすエリナーザの手の先には、無数の魔法陣が展開していた。それに呼応するように額の宝珠の色が黄色へと変化していく。

魔法陣の先、魔法防壁は広範囲にわたって破損しており、エリナーザの手の先の魔法陣は破損部分を修復し続けている。

そんなエリナーザに、フリオはいつもの飄々《ひょうひょう》とした笑顔を向けた。

――フリオ。

勇者候補としてこの世界に召喚された別の世界の元商人。

召喚の際に受けた加護によりこの世界の全ての魔法とスキルを習得している。

今は元魔族のリースと結婚しフリース雑貨店の店長を務めている。一男二女の父。

「そうだね、普段は魔法防壁の外には出られないからね」

エリナーザの隣で、フリオもまた両腕を伸ばし、その手の先に魔法陣を展開させている。

その魔法陣はエリナーザと同様、破損している魔法防壁を修復していた。

そんなフリオへ視線を向けるエリナーザ。

「……本当にパパはすごいわ。パパは自分の魔法でこの魔法防壁の外へ出る事が出来るのでしょう？　私は、地下世界ドゴログマへ門《ゲート》を開くのが精一杯だもの。本当にすごいわぁ」

その頬を上気させ、うっとりした表情を浮かべながらフリオを見つめる。

エリナーザ……重度のファザコンである。

そんなエリナーザの様子に、フリオが苦笑する。

「い、いや、ドゴログマへの門《ゲート》を生成出来るだけでもすごい事だよ」

「そんな事はないわ。ゴザルおじさまの話だと、地下世界ドゴログマへの門《ゲート》を開くのはそんなに難しい事ではないって……」

エリナーザがフリオへ話しかけていると、その後方から一人の人物が近づいてきた。

「ちょ、ちょっとエリナーザ様……そんな事を迂闊《うかつ》に口になさらないでください。本来地下世界ドゴログマへの門《ゲート》を開く事が出来るのは神界の者のみなのです。それを出来る球状世界の人物が存在するという事が神界の者に知られてしまいますと……」

その人物――ゾフィナは、右手の人差し指を口元にあて、それ以上言わないでほしいという意思をエリナーザへ伝える。

——ゾフィナ。

クライロード球状世界を管轄している女神の部下である神界の使徒。

普段は白い衣を体に巻き付けた姿をしているが、血の盟約の執行人としての役割を担う際には半身が幼女、半身が骸骨の姿でボロボロの外套《がいとう》を身にまとっている。

以前担当していた球状世界にお気に入りの居酒屋があり、任務の合間に出向いている。

神界の使徒の衣装を身にまとっているゾフィナは、焦った表情を浮かべ、エリナーザに顔を近づけた。

「以前にもお伝えしたと思うのですが……フリオ様がドゴログマへの門《ゲート》を生成出来るのは神界でも特例として認められているのですが、エリナーザ様がフリオ様と同様にドゴログマへの門《ゲート》を生成出来る事は神界の中でもごく一部の方々しか知らない機密事項といいますか……球状世界の住人が他の世界への門を生成出来るなど本来ありえないというのに、そんな存在が二人もいるという事が他の神界人に知られてしまうと、色々と問題が生じるといいますか……」

ゾフィナが周囲に気を配りながら、そっとエリナーザの耳元で囁《ささや》く。

ゾフィナの視線の先には、三人から離れた場所で修繕作業を行っている数人の神界人の姿があっ

た。

　その言葉を受けて、エリナーザがハッとする。

「そういえばそうでしたね。申し訳ありません」

　小さく頷《うなず》き、てへっと舌を出す。

　そんなエリナーザの姿に、ゾフィナは思わず苦笑する。

（……確か、パルマ球状世界でもバテアとステルアムという二人の魔導士が、他の球状世界への門《ゲート》を作成して自由に行き来していて色々と問題になっていると聞きました。それに比べ、フリオ様とエリナーザ様は、ルールに則《のっと》って門《ゲート》を作成する際には必ず申請をしてくださるので、助かってはいるのですが……）

　そんな事を考え、ゾフィナは小さくため息を漏らした。

「そういえば……」

　そんな二人の様子を見ていたフリオが口を開く。

「魔法防壁が破損したのって、確か球状世界の下部でしたよね？　なんで、球状世界の上部の魔法防壁が壊れているんですか？」

　そう言って眼下を見渡す。

　その言葉どおり、フリオ達がいるのはクライロード球状世界の上部であり、その眼下にはクライロード世界が広がっていた。

「そうね。パパの言うとおり、リヴァーナと厄災魔獣のヒュドラナが落下した際の衝撃で下部の魔法防壁が壊れたって……それに、その補修は先日終わったって聞いていたのですけど……」

エリナーザも腕組みし、首を傾《かし》げる。

「そ、その事なのですが……」

フリオの言葉に、ゾフィナは慌てた様子で言葉を濁す。

「……エリナーザ様の言われるように、最初に破損したクライロード球状世界の下部の魔法防壁の修繕は無事に終わっていたのですが……その際に修繕作業を手伝ってもらった者がですね、ちょっと失敗をしたといいますか……」

「「失敗？」」

ゾフィナの言葉に、フリオとエリナーザが同時に聞き返した。

「はい……その……今回に限らずですね、球状世界は数多存在しているため、神界は常に人手不足でございまして。当初、クライロード球状世界の魔法防壁の修繕作業に充てられる使徒が私しかいなかったものですから、この世界に在住している神界人に補修の手伝いを頼んだところ……」

言葉を続けながら、ゾフィナは大きなため息を漏らした。

◇同時刻・ホウタウの街・ブロッサム農場内にあるゴブリンの宿舎◇

「ぶえっくしょい！」

ブロッサム農場の作業員であるゴブリンのホクホクトンが住んでいる家の一室。

そこで、テルビレスが豪快なくしゃみをした。


――テルビレス。

元神界の女神。女神の仕事をさぼっていたため神界を追放されている。

今は、ホクホクトンの家に勝手に居候し、ブロッサム農園の手伝いをしているのだが、酒好きと生粋の怠け者気質のせいで日々ホクホクトンに怒鳴られる日々を送っている……。


「うわっ!? お主、くしゃみをする時は手で口を押さえろと、いつも言っておるでござろう! ったく、ばっちいでござるな!」

洟《はな》をぐずぐずさせているテルビレスにハンカチを手渡しながら、ホクホクトンが眉間にシワを寄せた。


――ホクホクトン。

元魔王軍配下の兵士だったゴブリン。

今は、ブロッサム農園の使用人として連日農作業に精を出している。

神界を追放された駄女神様ことテルビレスに勝手に居候されて……。

テルビレスは、ホクホクトンからハンカチを受け取ると、

「あははぁ、なんかねぇ、誰か私の噂話《うわさばなし》でもしているのかしらねぇ」

お気楽に笑いながらハンカチを顔にあて、

ズビイイイイイイイイイイイイイイイイイ

豪快に洟をかんだ。

「当たり前でござろう。お主、せっかく引き受けた神界の仕事で大失敗したでござる。この仕事が成功しておれば、神界への復帰が叶《かな》ったであろうに、お主ときたら……」

額に手をあてて大きなため息を吐くホクホクトンに、テルビレスは、

「あははぁ、仕方ないじゃなぁい。球状世界の下部の修繕が終わったのはいいけどぉ。まさかぁ、今度は上部の魔法防壁が破損するなんて、夢にも思わないじゃなぁい」

手をひらひらさせながら、ケラケラと笑い声をあげた。

その時、

「おいおいおい、テルビレス！」

ホクホクトンの家の扉が開き、ブロッサムが入ってきた。

――ブロッサム。

元クライロード城の騎士団所属の重騎士。

バリロッサの親友で、彼女とともに騎士団を辞めフリオ家に居候している。

実家が農家だったため農作業が得意で、フリオ家の一角で広大な農園を運営している。


腕組みし、怒りの表情をその顔に浮かべながらテルビレスを睨《にら》み付けているブロッサム。

そんなブロッサムと目があったテルビレスはギクッとした表情を浮かべ、ジリジリと後退《あとずさ》った。

「あ、あれ？　ブ、ブロッサムさぁん？　なんか、青筋たててないですかぁ？」

「そりゃ、青筋もたつってもんだよ！」

ズカズカと室内に入り、テルビレスに顔を寄せる。

「そもそも、フリオ様とエリナーザちゃんが空の上で魔法防壁の修繕作業をしているのが誰のせいかわかっているのか？　最初に修繕作業に加わっていたお前が手抜きをしたせいで、魔法防壁が崩壊したからだろう！」

顔をテルビレスに押しつけて声を荒らげる。

「ブ、ブロッサムさぁん、な、なんもそう青筋たてなくてもええやねぇん……」

そんなブロッサムにテルビレスが笑顔を向ける。

しかし、その笑顔は思いっきり引きつっており、額には冷や汗が流れていた。

「本当なら、お前が責任持ってもう一回作業を行うべきなのに、ゾフィナさんからも『あなたは信用出来ません』って言われる始末で、神界魔法を使えるフリオ様達が代わりに修繕作業を行ってくれているんじゃないか。その代わりに、お前は農作業を今までの倍行うって約束だったはずだろう?」

「あ、いえ……で、ですからねぇ……」

「なのに、いつの間にか姿が見えなくなったかと思ったら、案の定家に戻っていやがった」

「な、なんですとぉ!?」

ブロッサムの言葉に、今度はホクホクトンが声をあげた。

「テルビレス! お主、先程『ブロッサムさんに休憩していい』って言われたから戻ってきたと言っていたではござらぬか!」

「あ、いえ……ですからぁ、それはぁ……」

「はぁ!? そんな事、あたしゃ一言も言ってないっての!」

ブロッサムとホクホクトンは、互いにその顔をテルビレスに近づけ、交互に声を荒らげる。

「あ、あれぇ? お、おかしいなぁ……確か、そう聞いたような気がするんですけどぉ……」

テルビレスは引きつった笑顔のままジリジリと後退り——。

次の瞬間。

「あははぁ…………ごめんなさぁい！」

そう言って素早く立ち上がると、後方の窓に向かって駆け出した。

「あ！　こら！　テルビレス！」

「申し訳ありませ～ん！　ちょおっと急用を思い出しましたのでぇ！」

窓枠に飛び乗り、そのまま窓の外に身を躍らせた。

その眼前に――巨大な拳が出現した。

「ひぃいやああああああ!?」

いきなり出現した巨大な拳に、テルビレスが悲鳴をあげる。

その拳が顔面に激突する寸前、体を壁に張り付かせる事によって、間一髪でその一撃をかわした。

その拳の主、窓の外に立っていたのはコウラだった。


――コウラ。

鬼族の村の村長ウーラの一人娘。

妖精族の母と鬼族の父の血を受け継いでいるハイブリッド。

シャイ過ぎて人見知りがすごいのだが、フリオ家の面々にはかなり心を開いており、ブロッサムの事を「お母」と呼び慕っている。


自らの右腕を巨大化させ、その腕でテルビレスをぶん殴ろうとしていたコウラは、冷めた表情でテルビレスを睨み付けた。

「……お母を困らせたら、ダメ」

呟《つぶや》くようなコウラの言葉を、壁に張り付いたまま聞いていたテルビレスは、

「ははは、はぃぃぃ」

裏返った声で返事をしながら涙を流していた。

そんなテルビレスの後ろ襟をブロッサムがむんずと摑《つか》む。

「ほら、今度こそ作業に戻るぞ」

「は、はぃぃぃぃぃ……」

テルビレスは引きずられながらホクホクトンの家を後にした。

◇再びクライロード球状世界の魔法防壁の上空◇

「テルビレスに関しましては、せっかくクライロード球状世界《の》に在住しているのですから、修繕作業の手伝いをしてもらい、その成果次第では神界への復帰を打診しようと思っていたのですが……

あの者ときたら、破損した魔法防壁を『魔力を使うなんて疲れるしぃ』とかいう舐《な》めくさった理由

で魔力で補修するふりをして、残っている魔法防壁を無理矢理引っ張ってくっつけるという欠陥修理を行ったもので……薄くなってしまった箇所の魔法防壁が新たに破損してしまい……」

ゾフィナが首を横に振り、大きなため息を漏らす。

そんなゾフィナに、フリオは苦笑しながら視線を向けた。

「なんと言いますか……テルビレスさんがお仕事先でそんな事をしていたなんて、知らなかったとはいえ本当に申し訳ありません」

「あ、いえいえ、これはもう全てあの元駄女神が悪いわけでありまして、フリオ様が悪いわけではありませんので……」

「そうは言われましても、今のテルビレスさんの身柄をクライロード球状世界でお預かりしている立場にあるのは僕なわけですし、その僕がお預かりしている彼女が起こした不祥事ですし……それに、そもそも魔法防壁が破損した一件に関しましても、我が家のリヴァーナが関係していますし、家族が起こした問題の責任はとらせてもらわないと」

ゾフィナの言葉に、苦笑を返すフリオ。


クライロード球状世界の下部の魔法防壁が破損したのは、巨大化した厄災魔獣ヒュドラナと水龍化していたリヴァーナがクライロード大陸の底部をぶち抜き、地下世界ドゴログマへ落下していったのが原因だった。

その際、金髪勇者一行の行動も大きく影響していたのだが……その事に気付いている者は何故《なぜ》か一人もいなかった。


そんな会話をしながらもフリオの魔法により、魔法防壁はかなりの速度で修復され続けていた。

「そう言って頂けるのはありがたいのですが……そもそも、あの者の引き取りをお願いしたのは神界ですし、それを推薦したのは私でもありますので……非常に心苦しくもあるのですが……」

そんなフリオに、ゾフィナが複雑な表情を向ける。

「いえいえ、神界もたくさんの球状世界を管理しているから、慢性的な人手不足なんでしょう？　少しでもお役にたてるのでしたら何よりですし……それに」

フリオは、改めてゾフィナへ顔を向けると、

「こちらとしましても、地下世界ドゴログマへ出向く便宜を図って頂ければ……ね？」

いつもの飄々とした笑みをその顔に浮かべる。

「あ、あぁ……そ、そうですね……」

その言葉に、笑顔を返すゾフィナ……だが、その表情は強《こわ》ばっていた。

地下世界ドゴログマは、球状世界が存在している空間の下部、神界を含めた全ての世界の最下層に位置しており、神界の女神達によって直接管理されている。

ドゴログマは、終焉《しゅうえん》を迎えた球状世界の動植物を移住させる場として使用されたり、強大な力を持つ厄災魔獣を幽閉する場として使用されたりしている。

世界によっては非常に高値で取引される動植物も存在しているため、地下世界ドゴログマの出入りには、たとえ神界人であっても神界の許可が必須とされている。

フリオは、『完全習得魔法』によって習得した神界級生成魔法により、神界の女神達の肌を若返らせる効果を持った粉薬を生成出来るのだが、この魔法は神界でも失われた魔法の一つであり、神界を含めた全世界の中で、この魔法を使用出来るのはフリオとその娘のエリナーザの二人だけしか確認されていなかった。

（……その粉薬の原材料となるのが、強大な魔力を有している厄災魔獣の血肉であり、その原材料を入手するため、という名目で地下世界ドゴログマへの進入の許可を出しているものの……その際に珍しい薬草や魔獣達を収集する事も暗黙の了解としているだけに、あまりいい顔をしない女神様もおられるわけで……そんな女神様達との折衝を行うとなると……いやはや、今からまた胃が痛くなる……）

思案を巡らせながらもフリオへ笑顔を返したゾフィナだったが、笑顔が一目でわかるほど強ばっているのは言うまでもない。

「でも、ゾフィナさん」

魔法防壁を修復しているエリナーザがゾフィナへ声をかけた。

「私とパパは正規の手順を踏んで、許可があった時しか地下世界ドゴログマへは出向いていないのよ？　神界のルールに従っているのですから、そんなに困った顔をしなくてもよろしいのではなくて？」

「え、えぇ……確かにそうなのですが……」

エリナーザの言葉に首をひねる。

（……そうなのですよね……別の球状世界の住人であるステルアムなる魔法使いなどは、何度注意勧告しても自分の行きたい時にドゴログマに出向いて薬草採取しているし……なまじ魔法力が神界並みなせいで、神界の警戒魔法を展開していても無効化されてしまうし……その気になれば同じ事を出来るだけの魔法力を有しているフリオ様とエリナーザ様が、こうして手順に従ってくださっている以上、それをどうこう言うのは……）

考えを巡らせていたゾフィナは、ふとある事を思い出した。

「あの、エリナーザ様、つかぬ事をお伺いしたいのですが……」

「えぇ、何かしら？」

「地下世界ドゴログマ以外の、別の球状世界へ出向いたりされたりはしていませんか？」

「あら？　なんの事かしら？」

「いえ、その……最近、このあたりの球状世界から出入りしていると思われる痕跡が確認されたとの報告があがっておりまして……」

「そうね……別の球状世界へ出向いたりはしていませんわよ。それこそ、この魔法防壁が破損した事で、他の世界の方々がクライロード球状世界に出向かれたとか、そういった事ではありませんこと？」

ゾフィナの言葉を遮るかのように、エリナーザはにっこり微笑《ほほえ》んだ。

「さ、そんな事が今後絶対に起きないように、早く修繕を終わらせてしまいましょう」

「え、えぇ、そうですね……」

その勢いに完全に気圧《けお》されたゾフィナは、面食らいながらも頷き返す事しか出来なかった。

そんな二人のやり取りを横目で見つめているフリオは、何かを思い出したような表情を浮かべていた。

（……時々、隠蔽系の魔法を使用している様子がないのに、エリナーザの気配が感じられない事があるんだけど……まさか、ね）

小さく首をひねり、しばらくエリナーザの横顔を見つめていたのだが、その視線に気がついたエリナーザは、

「あら、パパ？　私の顔に何かついていますか？」

その顔ににっこりと笑みを浮かべる。

「あ、あぁ、いや、別になんでもないよ、なんでも……」

（……ま、まさか……ね……）

苦笑しながら、その視線を修繕作業を行っている手の先へと戻す。

そんなフリオの様子を横目で見つめているエリナーザが、

（……私が時々出向いているのは神界だし……嘘《うそ》は言ってないから、大丈夫よね……）

悪戯《いたずら》っぽく舌を出している事に誰も気付いていなかった。

◇同時刻・ホウタウの街・フリース雑貨店◇
ホウタウの街は、今日も多くの人々でごった返していた。

人の流れは、ホウタウの街のはずれにあるフリース雑貨店のあたりを中心に、ホウタウの街全体へと続いている。

フリース雑貨店も、併設されている定期魔導船に乗船してホウタウの街を訪れフリース雑貨店で販売されている魔法具や魔導具・雑貨などを求める人々でごったがえしていた。

そんなフリース雑貨店の店内で、ウリミナスが大きなため息を漏らしていた。


――ウリミナス。

魔王時代のゴザルの側近だった地獄猫《ヘルキャット》族の女。

ゴザルが魔王を辞めた際に、ともに魔王軍を辞め亜人としてフリース雑貨店で働いている。

ゴザルの二人の妻の一人で、フォルミナの母。

「今日も今日とて、商売繁盛ニャのはありがたい事ニャけど……どうにも人手不足ニャねぇ」

頭をかきながら、手に持っている書類に目を落とす。

そんなウリミナスへ、バリロッサが視線を向けた。


――バリロッサ。

元クライロード城の騎士団所属の騎士。

今は騎士団を辞め、フリオ家に居候しながらフリース雑貨店で働いている。

ゴザルの二人の妻の一人で、ゴーロの母。


「うむ？　私達の手助けでは、手が足りないか？　新人のスノーリトルもよく働いてくれていると思うのだが」

大きな木箱を抱えたバリロッサは、いつもの騎士然とした衣服の上にエプロンを身にまとっていた。

その後方で、ドレス風の衣装に身を包み、バリロッサと同じ柄のエプロンを身にまとったスノーリトルがコクコクと頷く。

――スノーリトル。

ガリルの同級生の女の子。

稀少《きしょう》種属である御伽《おとぎ》族の女の子で召喚魔法を得意にしている。

サリーナ同様ガリルにほのかな恋心を抱いており、ホウタウ魔法学校を卒業後、フリース雑貨店に就職している。

スノーリトルの後方には、彼女が召喚した小人達が、スノーリトルと同じように木箱を抱えて続いていた。

「わ、私も一生懸命頑張りますので、何なりと申しつけてくださいませ」

元気な声をあげるスノーリトル。

その言葉に呼応し、小人達も一斉に頷く。

そんな一同を見回したウリミナスは、

「あぁ、在庫管理関係の人手は、皆のおかげでいい感じにニャってるニャ。問題は、賃金管理出来る人員ニャ」

苦笑しながら、手に持った書類をポンと叩《たた》く。

その言葉に、バリロッサが表情を強ばらせた。

「も、申し訳ない……わ、私は、幼き頃から剣術の稽古に明け暮れていたものだから……さ、この店のレベルの算術となると……」

「わ、私も、物語を読む事には長《た》けているのですが……」

その横でバツが悪そうな表情を浮かべ、スノーリトルも苦笑する。

そんな二人にウリミナスは笑みで応えた。

「あぁ、気にする事はないニャ。ウチの店の賃金管理は複雑ニャから」

（……雑貨店の仕入費用や販売代金だけニャなく、魔獣達のレンタル代に飼料代、魔獣レース場の運営にかかる費用、店を出している者達から徴収する場所代は場所によって金額が異ニャッているし、ブロッサム農園にかかる諸経費もかなり複雑ニャし……ふぅ……考えれば考えるほど頭が痛くニャ……）

無意識に、窓の外へ視線を向ける。

その視線の先には、青空が広がっていた。

（……元々商人のフリオ様がおられる時ニャら、山のようニャ会計処理案件をあっという間に片づけてくださるニャけど……今日のフリオ様は神界のお手伝いであの空の上に出向かれているニャし……いい人材が見つかればいいニャけど……）

ため息を漏らして視線を店内に戻す。

その視線の先、店内の一角には、

『従業員募集！　特に会計処理に長けた人材』

と書かれている張り紙が貼られていた。

「……それにしても」

その視線を改めて窓の外へ向けるウリミナス。

「あの空の向こうにある魔法防壁が壊れているっていうのは、本当ニャのかニャ……ここから見ている感じじゃ、いつもと同じにしか見えニャいニャけど……」

「あぁ、それでしたら……」

思案を巡らせているウリミナスの後方にヒヤが姿を現し、声をかけた。


——ヒヤ。

光と闇の根源を司《つかさど》る魔人。

この世界を滅ぼす事が可能なほどの魔力を有しているのだが、フリオに敗北して以降、フリオの事を『至高なる御方《おんかた》』と慕い、フリオ家に居候している。


「魔法防壁の手前には神界魔法である近接拒絶魔法が展開されております。この魔法のせいで、見上げている上空は全てが空に見えます。ちなみに、飛翔魔法が使用出来る魔法使役者や、飛翔能力を持つ魔獣であれば、理論上は魔法防壁へ到達出来るのですが、この魔法のせいで一定距離まで近づくと、気付かないうちに一定距離を押し戻されてしまい永遠にそのループに陥ってしまいます」

「……それは、ヒヤでも突破は無理ニャのかニャ？」

「えぇ。私は、このクライロード球状世界の全ての魔法を使用する事が出来ますが、神界魔法の影響を受ける事なく、その奥にある魔法防壁までたどりつく事は出来ません。それが出来るのは、神界魔法を習得なさっている、至高なる御方フリオ様と、その能力を色濃く継承なさっておられます御息女である長女のエリナーザ様、元神界の住人であるテルビレスとタニアの四名のみでございます。ちなみに、至高なる御方フリオ様のご子息であられますガリル様と次女であられますリルナーザ様は、奥方様であられますリース様の能力を色濃く継承なさっておられますゆえ……」

ウリミナスの言葉に、恭しく一礼するヒヤ。

その時、ヒヤは、何か思い出したのか、下唇に人差し指を押し当て、

「……おっと、失念しておりましたが、このクライロード球状世界には、神界魔法は使用出来ないものの、例外的に神界魔法を突破出来る存在がもう一匹……」

視線を、窓の外へ向けた。

「うニャ？」

その視線に釣られるようにして、ウリミナスやブロッサム、スノーリトル達も、窓の外へと視線を向けた。

◇◇◇

「……ふぅ」

フリオが周囲を見回しながら両腕を下ろした。

「このあたりの魔法防壁の修復はだいたい終わったみたいだね」

「うん、そうみたいねパパ」

フリオの言葉に、フリオの後方で周囲を見回しているエリナーザは、腰に手をあて、満足そうに笑みを浮かべて頷いていた。

その時、

「パパー！　エリナーザお姉ちゃん！」

二人の足元、地上の方から女の子の声が聞こえてくる。

「旦那様ー！　エリナーザ！」

先程の声に続いて、別の女性の声も聞こえてきた。

声の方へ視線を向けるフリオ。

その視線の先、地上の方角から、かなりの速度で上昇してくる魔獣の姿があった。

黄金のタテガミを持ち、背に巨大な翼を持つ四つ足の魔獣。

そしてその背には、リルナーザとリースの姿があった。

――リルナーザ。

フリオとリースの三人目の子供にして次女。

調教《テイム》の能力に長けていて、魔獣と仲良くなる事が得意。

その才能を活用し、ホウタウ魔法学校へ入学後も、魔獣の飼育を担当している。


――リース。

元魔王軍、牙狼《がろう》族の女戦士。

フリオに敗れた後、その妻としてともに歩む事を選択した。

フリオの事が好き過ぎる奥様でフリオ家みんなのお母さん。


魔獣の背にまたがっているリースは、その場に立ち上がると、

「お昼ご飯をお持ちしましたわ！　そろそろ一息つかれてはいかがですか？」

その顔に満面の笑みを浮かべ、手に持っている大きなバスケットを頭上に掲げた。

そんなリースとリルナーザ達の姿を、ゾフィナは目を丸くしながら見つめていた。

「……え、えっと……球状世界の住人が、障壁魔法を越えて、ここまでたどりつけるはずがないのですが……」

唖然《あぜん》とするゾフィナの視線が、リース達から魔獣へと向けられていく。

「そ、その魔獣……ま、まさか?!」

その目が、さらに見開かれていく。

ゾフィナの視線に気がついたリルナーザが、にっこり笑みを浮かべた。

「あ、はい。この魔獣《こ》は、ラインオーナさんです」

「ら、ラインオーナって……ま、まさか、神界魔法を使用出来る神獣の……」

——神獣ラインオーナ。

球状世界を統括すべき存在である神獣でありながら、無類の女好きのせいでいくつかの球状世界を混乱させたため、神界の女神の裁定により、地下世界ドゴログマへ追放処分とされていた。

ドゴログマを訪れたフリオ一家と遭遇したのをきっかけに、リルナーザのペットとしてフリオ家に居候している。

目を見開いたまま固まっているゾフィナに対し、ラインオーナは、

「拙者、神獣などという大それた魔獣ではございませぬ。我が主人、リルナーザ様に付き従うペットの一匹でございますゆえ」

厳かな口調でそう告げ、深々と頭を下げた。

その様子に、見開いていたゾフィナの目が更に見開かれる。

「あ……あの、人種族であろうと、亜人種族であろうと、魔獣であろうと、女を前にすると見境をなくし、襲いかかっていた、あの、ラインオーナが……」

「はっはっは。そのようにやんちゃをしていた事もございましたが……今は昔でございますゆえ」

驚愕《きょうがく》した表情を浮かべているゾフィナに、ラインオーナはにこやかな笑みを向ける。

そのタテガミを、リースが摑んだ。

「そりゃあもう、またあんな事をしでかすようでしたら、旦那様に変わってこの私が……ねぇ？」

にっこり笑みを浮かべるリース……だが、タテガミを摑んでいる腕は牙狼化しており、その背には魔素が陽炎《かげろう》のようにゆらめいている。

そんなリースの横に、リルナーザの肩に乗っていたシベアがぴょんと飛び降り、

『ふんす！　ふんす！』

怒った声をあげながら、その背をゲシゲシと踏みつけた。


――シベア。

元は野生の一角兎《ホーンラビット》。

サベアと仲良くなり、その妻としてフリオ家に居候している。

その周囲では、サベアとその子供達であるスベア・セベア・ソベアの三匹に加え、リルナーザの友達でありサベアと仲のよいタベアまでもがシベア同様にラインオーナの背中を蹴りつけていた。

——サベア。
元は野生の狂乱熊《サイコベア》。
フリオに遭遇し勝てないと悟り降参し、以後ペットとしてフリオ家に住み着いている。
普段はフリオの魔法で一角兎《ホーンラビット》の姿に変化している。

——スベア・セベア・ソベア。
サベアとシベアの子供達。
スベアとソベアは一角兎《ホーンラビット》の姿をしており、セベアは狂乱熊《サイコベア》の姿をしている。

——タベア。
厄災の熊の子供。
ドゴログマでリルナーザに懐き、クライロード世界までついてきた。
リルナーザの使い魔となっている。

そんな皆の様子に、リルナーザは、

「ちょ、ちょっとみんな、ラインオーナちゃんはもうよい了になったんだから、仲良くしないとダメですよ！」

あわあわしながら手を振っていた。

その様子を見つめていたエリナーザは、

「確かに、我が家にやってきたばかりの頃のラインオーナはひどかったものね」

苦笑しながら、やれやれといった様子で首を振る。

そんなエリナーザに同意するかのように、大きく頷いたリースは、

「確かにそうですけど……もし、またあんな事をするような事があれば、わかっていますわよね？」

その視線を、ラインオーナへ向ける。

その瞳には、先程までの温和な色ではなく、凍《い》てつく氷のような色が宿っていた。

それはエリナーザも同様で、

「あの時にもしっかりわかってもらったと思いますけど、あれで済むと思わないでくださいね」

その顔ににっこりとした笑みを浮かべてはいるものの、その目にはリース同様に凍てつく氷のような色が宿っていた。

そんな二人の視線の先で、ラインオーナは、

「え、えぇ、そ、それはもう……このラインオーナ、あのような愚行には二度と及ばない事を神界

の女神に誓って……」

何度も小さく首を上下させる。

その体は、小刻みに震えていた。

そんな一同の様子を、少し離れた場所から見つめていたゾフィナは、

(……あ、あのラインオーナがあそこまで怯《おび》えているとは……い、いったいどんな手を使われたというのでしょうか……)

そんな事を考えていたのだが、ハッとした表情を浮かべ、視線を隣のフリオへ向けた。

「あ、あの、フリオ様」

「はい、なんでしょう?」

「確か、ラインオーナがフリオ様の保護下に入ったとの報告を半月ほど前に頂いたと記憶しているのですが……」

「ええ、そうですね。厄災魔獣や神獣といったS級の魔獣を仲間に加えた時や討伐した時には神界に届出をしないといけないとお聞きしておりましたので、お知らせさせて頂いたのですが」

ゾフィナは、フリオの言葉を受けると、右手を左から右へと振った。

すると、ゾフィナの眼前にウインドウが表示され、その中に文字列が次々に表示されていく。

その文字列を目で追っていたゾフィナは、

「……記録によりますと……半月ほど前に、ここクライロード球状世界で、原因不明の巨大地震が

観測されたとの報告を受けているのですが……」

いくつかの文字列を見つめながら、ゾフィナが首を傾げる。

「さて……何の事でしょうか？……と、いう事にしておいてくださいますか？」

そんなゾフィナに、フリオはいつもの飄々とした笑顔を向けた。

（……つ、つまり……それほどのお仕置きが行われた……と、いう事でしょうか……）

思案を巡らせながらも、ゾフィナはその表情を強ばらせずにはいられなかった。

◇同時刻・ホウタウの街近くの湖◇

ホウタウの街から少し離れた地、クライロード城へ向かう街道を少し森の中へ入った場所に、大きな湖があった。

その湖畔に、ゴザル の姿があった。


――ゴザル。

元魔王ゴウルである彼は、魔王の座を弟ユイガードに譲り、人族としてフリオ家の居候として暮らすうちに、フリオと親友と言える間柄となっていた。

今は、元魔王軍の側近だったウリミナスと元剣士のバリロッサの二人を妻としている。

フォルミナとゴーロの父でもある。

「うむ、いつ来てもこの湖は清々《すがすが》しいな。心が癒やされるようだ」

半袖に半ズボンという軽装で、大きな麦わら帽子を被《かぶ》っているゴザルは、釣《つ》り竿《ざお》の先を湖に垂らし、眼前に広がる景色を優しい眼差《まなざ》しで見つめていた。

その隣に立っているスレイプも、

「うむ、まったくですな。本当に心が安らぎます」

腕組みをしたままこくりと頷く。


——スレイプ。

魔族である死馬《しば》族の猛者で、ゴザルが魔王時代の四天王の一人。

現在はフリオ家に居候しながら妻のビレリーとともに放牧場の運営を行いつつ、魔獣レース場へ騎馬として参加していた。


「フリオ殿のおかげで、こうして定期的に休暇が取れ、家族でのんびり出来るというのも、ありがたいものですな」

「まったくだ。こういった生活を送っていると、魔王軍時代の私は皆を働かせ過ぎておったなぁ、と、自戒してやまぬ」

「なぁにを言っておるか」

二人の後方から歩み寄ってきたウーラが、豪快に笑いながら二人の肩をバンバンと叩いた。


――ウーラ。


鬼族の村の村長であり、コウラの父、ブロッサムの内縁の夫的存在。

妖精族の妻が亡くなって以後、男手一つでコウラを育てながら、はぐれ魔族達の面倒をみている。

義理人情に厚く、腕力自慢で魔王ゴウル時代に四天王に推薦された事もある。


「お主の父君の時代には、休みどころか休憩もろくに取れぬ状況ではなかったか。その過酷過ぎる状況に耐えかねて、我は一族とともに魔王軍を抜けたのだからな。お主の代になってからというもの、そのあたりが大幅に改善されたと聞いて、魔王軍への帰参を考えぬではなかったのだぞ」

豪快に笑い続けつつ、二人の肩をバンバンと叩き続けているウーラ。

「うむ、そう言ってもらえると報われる思いだな」

ウーラの言葉を受け、ゴザルが口元に笑みを浮かべた。

「そういえば、あのラインオーナとかいう魔獣には困ったものでしたな」

スレイプの言葉に、ゴザルは口元の笑みを苦笑に変化させる。

「あぁ、まったくだ……しばらく大人しかったので油断しておったが、まさかバリロッサ殿とウリミナス、それにフォルミナまで追いかけられたのであるから、私としても看過する事は出来なかったな」

「まぁ、危害を加える目的ではなかったとはいえ……あの際は我も久々にちょっと本気を出してしまいましたでなぁ。まぁ、我の大事なブロッサムとコウラも追いかけ回されましたで、致し方あるまい」

ウーラが腕を組み、同意するように頷く。

「ワシとしても、愛するビレリーとリスレイを追いかけ回されましたからな……うむ、仕方ないですな、うん」

スレイプもまた、二人に続いて頷いた。

「皆様仕方ないと申されておりますが……」

そんな一同の後方に、タニアが歩み寄ってくる。


——タニア。

本名タニアライナ。

神界の使徒であり強大な魔力を持つフリオを監視するために神界から派遣された。

ワインと衝突し記憶の一部を失い、現在はフリオ家の住み込みメイドとして働いている。

「……お三方だけではなく、皆様の奥方様やお子様と同様に追いかけられたリース様や、エリナーザ様といった皆々様が過度な力量でラインオーナに対処なさったものですから、このクライロード球状世界全体を揺るがす大地震が発生したのですよ？　フリオ様が重力魔法を展開してくださったおかげで、クライロード球状世界の進路に異常が生じ、他の球状世界と衝突するという最悪の事態を防ぐ事が出来ましたが、あの頃は球状世界の魔法防壁が崩壊していた時期でもありまして……」

三人に対し、冷静な口調で苦言を続ける。

「いや、まぁ……」

「確かに、そうなのだが……」

「うむ、ちとやり過ぎた感は……」

苦言を呈されている三人は、一様にバツの悪そうな表情をその顔に浮かべた。

そんな中、
グン！

ゴザルが手に持っている釣り竿の先が、グイッと強い引きを見せた。

「うむ!?　きたか！」

釣り竿に向き直り、それを強引に引っ張る。

それに対抗するかのように、釣り竿が先程以上に強く引っ張られた。

「うむ！　これは大物だ！」

「おぉ、やりましたなゴザル殿」

「うむ！　逃すでないぞ」

竿を引くゴザルの周囲にスレイプとウーラが集まってくる。

三人とも、これ幸いとばかりにタニアの前を離れたのだった。

「……まったくもう」

そんな三人に向かってタニアはため息を吐《つ》いた。

「まぁ、もう済んだ事ですし、お小言はここまでにしておきます。それよりも、今晩のバーベキューのおかずをしっかり釣り上げてくださいませ」

スカートの裾を両手でつまみ、恭しく一礼すると、一同の後方へと歩いていく。

その先には、フリオが魔法で建築した大型の小屋があり、その横にはテーブルや椅子が並べられ、バーベキューの準備が行われている最中なのが見て取れた。

「うむ、まかせておけ、この私がとびっきりの魚の魔獣を釣り上げてみせよう」

両腕に、さらに力を込めるゴザル。

（……やれやれ、タニア《あの者》の言葉は一切の容赦がないゆえに、時に耳に痛いな……とはいえ、だからこそ、耳を傾けるべき言《げん》であるのだがな）

「しかし、ゴザル殿よ。釣り竿などという脆弱《ぜいじゃく》な道具を使用せずとも、貴殿の魔力を使えば大型の水生生物くらい容易に捕縛出来るであろう？」

釣り竿を引くゴザルの様子を見つめながら、ウーラが怪訝《けげん》そうな表情を浮かべる。

「何を言うか。限られた道具により、己の力のみで釣り上げる事こそ、この『釣り』の醍醐味《だいごみ》ではないか」

その顔に満面の笑みを浮かべながら、ゴザルが釣り竿を引く。

「まぁ、とにもかくにも、夕方から合流する皆のためにも、ここはしっかり釣り上げておかねばなりませぬな」

スレイプが満足そうに頷く。

そんな三人の前で、釣り竿の先の水面から巨大な魚の魔獣が跳び上がった。

「わっはぁ！」

魚の魔獣と同時に、ワインも水面に跳び上がった。


——ワイン。

龍族最強の戦士と言われているワイバーンの龍人《ドラゴニュート》。

行き倒れになりかけたところをフリオとリースに救われ、以後フリオ家に居ついている。

エリナーザ達の姉的存在。


竿にかかった魚の魔獣は、ゴザルの釣り糸から逃れようと飛び跳ねる。

「あはは！　おっきぃの！　おっきぃの！」

魔獣が飛び跳ねるのに合わせて、ワインは楽しそうにジャンプを繰り返す。

その体は、一糸まとわぬ裸体であった。


火龍であるワインは、体内に火袋を持っている。

そのため体温がかなり高いワインは、人型の姿をしている際に服を身につける事を極端にいやがる傾向にあり……。

それに気がついたタニアは、

「ワインお嬢様!?　ま、またそのような格好で！　フリオ家のメイドとして看過出来ません！」

並べようとしていた椅子を脇に置き、すさまじい勢いでワインに向かって駆け出す。

その手には、ワインのサイズに合わせたビキニタイプの水着が握られている。

隙あらば服を脱ごうとするワイン対策として、常に彼女の衣服を持ち歩いており、有事に即対応出来るよう対策しているのであった。

「こんな事もあろうかと、しっかり準備してきておいて正解でした」

そう言いながら、水辺に駆け寄ったのだが、

「……あら？」

その足が、ピタッと止まった。

「わっはぁ！」

ワインは相変わらず気持ちよさそうに飛び跳ねている。

しかし、その胸と脚の付け根のあたりに、不自然に泡立った水の塊がまとわりついており、肌が露出するのを防いでいたのである。

「あれは……何かの魔法のようですが……」

目を丸くしたタニアが視線を巡らせると、水の中からリヴァーナがひょこっと頭を出した。


——リヴァーナ。

地下で隠遁《いんとん》していた水龍族の龍人《ドラゴニユート》。

地下世界ドゴログマに落下していたところをフリオ一家に保護され、家族の一員になる。

幼く見えるが実年齢はワインより上。

タニアの視線に気がついたリヴァーナは、

「……多分、怒られると思ったから……魔法で覆っておいた」

無表情なまま、右手の親指をグッと立てた。

リヴァーナはいつもの法衣風の衣装ではなく、水に入るためらしい薄手の衣装を身につけている。

そんなリヴァーナの後方で、ワインは、

「これ、涼しい！　これすっごく気持ちいい！」

水の衣が気に入ったのか、ご機嫌な様子で飛び跳ね続けていた。

その光景を見つめながら、タニアは、

「えぇ、とてもいい判断です」

そう言うと、右手の親指をグッと立て、リヴァーナに合図を返していた。

そんなワインに、

「どうでもいいが、釣り上げる邪魔はするでないぞ、ワインよ！」

苦笑しながら声をかけるゴザル。

同時に、竿を引く腕にさらに力を込めた。

ゴザルの釣り竿から逃れようと魚の魔獣も必死に暴れている。

そんな魔獣の周囲を、ワインは、

「あはは！　わかってる！　わかってるぅ！」

満面の笑みを浮かべながら飛び跳ねまくっていた。

◇◇◇

クライロード球状世界の上空、魔法防壁の外。

ゾフィナが展開した足場の上に、フリオとエリナーザ、そして昼食を持ってきたリースやリルナーザ達が腰を下ろし、休憩していた。

「……あの、ひょっとして……あの大地震に何かお心当たりが……?」

「あ、いえいえ……別にそういうわけではないのですが……ははは」

ゾフィナの言葉に、フリオはいつもの飄々とした笑みを浮かべる。

そんな二人の間に、リースが割り込んでくる。

「もう、そんな話よりも、お昼ご飯をお食べくださいな」

そう言って、持参してきた大きなバスケットを差し出す。

その中には、綺麗《きれい》にカットされたサンドイッチが並んでいる。

そんなリースの後方では、リースが準備してきた肉の丸焼きにかぶりついているサベア達の姿があった。

そんなサベア達の様子を確認したゾフィナは、その視線を改めてリースへ向ける。

「……この者達の食事を、全てリース様がお作りになられているのですか?」

「当然ですわ。この群れの長である旦那様の妻として、当たり前の事をしているだけですわよ」

そう言うと、両手で抱えているバスケットを改めてフリオの前に差し出す。

「いつもありがとうリース。でも、たまには僕も手伝うか……」

「いいえ！　いけません！」

言いかけたフリオの口を、リースが右手の人差し指で押さえた。

「旦那様は我らの長なのです。長とは、常に皆の頂点としてどっしり構えてくださっていればよろしいのです。雑事は全てこのリースが取り仕切りますので」

首を少し横に傾け、にっこり微笑む。

その横に、リルナーザが駆け寄ってくる。

「私もママのお手伝いしたんです！　このサンドイッチを切るお手伝い！」

「えぇ、リルナーザも旦那様のために頑張ってくれましたものね」

満面の笑みを浮かべたリルナーザをリースは優しい笑顔で見つめ、そっと抱き寄せた。

そんな二人にフリオは、

「二人とも、本当にありがとう」

お礼を言ってサンドイッチを手に取り、口に運んでいく。

「味はどうかしら？　旦那様」

サンドイッチを口に含んでいるフリオの顔を、リースがそっとのぞき込む。

その隣から、リルナーザも心配そうな表情を浮かべてフリオを見つめている。

フリオは、そんな二人ににっこり微笑むと、

「うん、美味《おい》しいよ。二人が頑張って作ってくれたサンドイッチはやっぱり美味しいね」

新しいサンドイッチに手を伸ばす。

フリオの言葉に、リースとリルナーザがパァッと表情を輝かせる。

互いに手を取り合い、その場で喜びを共有する。

「うん、本当に美味しいよ。あ、ゾフィナさんもどうぞ」

フリオはサンドイッチを頬張りながら、それをゾフィナにも勧める。

「あ、はい、ありがとうございます」

（……仕事が終わったら、サワコのお店のゼンザイでも食べに行こうかと思ったのですが……）

そんな事を考えながら、サンドイッチを口に運んだゾフィナは、

「……ほう、これは美味しい……うん、本当に美味しいですね」

思わず手にしているサンドイッチを見つめた。

あっという間に手に持っていたサンドイッチをたいらげると、二個目に手を伸ばしていく。

そんなゾフィナの様子を、リースが笑顔で見つめた。

「お口に合ったようで何よりですわ。たくさん作ってきておりますので、遠慮なく食べてくださいな。さ、リルナーザもお食べなさい」

「ありがとう、ママ！」

リースの言葉に、リルナーザは満面の笑みでバスケットに手を伸ばす。

いつの間にか、足場の上は楽しげな声で溢《あふ》れていた。

「そういえば、今夜はバーベキューを行う予定なんですけど、よかったらゾフィナさんも一緒にいかがですか？」

「バーベキューですか？」

「えぇ、旦那様の発案で、いつも頑張っている家族の皆を慰労するために催されるのですわ」

胸を張り、ドヤ顔を浮かべる。

「いえ、その……ご家族のための会ですし、私は……」

その言葉を受け、苦笑するゾフィナ。

「あら？　そこは気にしなくてもよろしいのではありませんか？　ゾフィナさんは、神界の女神様に指名された我が家の担当さんなのでしょう？」

「え、えぇ、確かにそうですが……」

「そういう事でしたら」

そんなゾフィナにリースはにっこり微笑むと右手の人差し指を立てた。

「それはもう家族も同然って事でよろしいのではありませんこと？」

リースの言葉に、エリナーザもウンウンと頷く。

工房で作業している時は常に何かを考えこんでおり、いつも無愛想でぶっきらぼうな彼女なのだが、今は大好きなフリオがいるためか、その顔には満面の笑みが浮かんでいる。

そんな二人の横で、フリオも、

「えぇ、僕もそう思いますよ」

その顔にいつもの飄々とした笑みを浮かべた。

「……皆さん……」

そんな一同を、ゾフィナはびっくりした表情で見回した。

（……球状世界の方々と交流させて頂いた事は幾度もありますが、私が神界の使徒であり、血の盟約の執行人である事を知っている者であれば、全ての者達はまず恐れ、そして距離を置こうとしていたもの……ですが、この方々は、私の素性を理解しておきながら、家族も同然、と……）

サンドイッチを片手に、思考を巡らせながら固まってしまう。

そんなゾフィナの顔を、リースがのぞき込んだ。

「……ゾフィナさん？」

「……え？　あ、はい」

「どうかしましたか？」

「あ、いえ……ちょっと色々と考え事をしてしまいま……」

そこまで言葉を発したところで、リースが手にサンドイッチを持ち、それをゾフィナの口に無理矢理突っ込んだ。

「む、むぐぐ!?」

いきなりの出来事に困惑するゾフィナ。

「仕事をする時は全力で仕事をする、お昼休憩の時は全力で休憩をしなさいな」

そうリースはにっこり笑った。

「むぐ……あ、は、はい」

困惑しながらも、ゾフィナは口を動かした。

それを確認したリースは、

「はい、よろしい」

再びにっこりと笑みを浮かべた。

すると、今度はその視線をフリオへと向ける。

「旦那様、おわかり頂けていると思いますけれども、旦那様にも言える事ですからね？　何かあるとすぐにお仕事の事をお考えになるのですから」

フリオの元ににじり寄ると、顔をグイッと近づけた。

「あ、う、うん……わ、わかっているよ」

苦笑しながら返事をするフリオに、リースはさらに顔を寄せる。

いつもの白を基調としたワンピースを身につけているリースが、両手を地に着けたまま顔を上げているため、その胸元がいつも以上に強調された形になってしまう。

さすがのフリオも、その視線が思わず胸元に釘付《くぎづ》けになる。

「ちょっと旦那様！」

その様子を見たリースは、フリオが自分の言葉を上の空で聞いているのかと思い違いしたのか、

「私の言葉、聞いてくださっていますぅ？」

フリオに向かってさらに近づいた。

「あ、あぁ、うん。き、聞いているよ」

リースの胸元がさらに近づいたため、返事がしどろもどろになってしまう。

「聞いてくださっているのでしたらよろしいのですけど……本当にお体にはお気をつけくださいね。ただでさえ、毎日忙しく飛び回っておられるのですから……いつも心配しておりますから」

「う、うん。ありがとうリース」

フリオの言葉にようやく納得したのか、リースはフリオの頬に軽くキスをし、元の場所へと戻っていく。

そんな二人の様子に、エリナーザは、

「ホント、パパとママってとってもお似合いで素敵よね」

口元を右手で押さえながら頬を赤く染める。

その横で、リルナーザも、

「うんうん。二人ともラブラブで素敵なのです」

満面の笑みを浮かべながら何度も頷いた。

リースは、そんな二人へ視線を向けると、

「リルナーザはまだ早いけど、エリナーザならすぐいい人が見つかると思うわよ。こんなに可愛《かわい》いんですし」

にっこり微笑み、二人を優しく抱き寄せる。

そんなリースを抱き返したエリナーザが口を開く。

「あら、それはとっても難しいと思うわ。私、パパくらい素敵な人でないと、結婚する気ないもの」

「うんうん。私も結婚するならパパみたいに素敵な人じゃないといやです！」

エリナーザの言葉に、リルナーザも笑顔で頷く。

「そうねぇ、確かに二人の言い分ももっともよねぇ……」

二人の言葉に、納得したように頷くリース。

そんな三人の視線が、一斉にフリオへ向けられた。

その視線を感じたフリオは、

「そ、そう言ってもらえるのは嬉《うれ》しいけど、きっと、エリナーザとリルナーザにも素敵な相手が現れると思うよ」

いつもの飄々とした笑みをその顔に浮かべたのだが、その笑顔はどこか引きつっているように見えた。

ゾフィナはそんなフリオ一家の様子を黙って見つめる。

（……家族……家族とは、このようなものなのですね……神界の女神様の手によって生み出された私には理解し難い部分の方が多いのですが……）

その顔には、無意識のうちに笑みが浮かんでいた。

「……バーベキュー……参加させて頂くのが楽しみです」

◇その頃・ホウタウの街・ホウタウ魔法学校◇

ホウタウの街の中央よりやや外れた場所に位置しているホウタウ魔法学校。

その応接室に、ガリルの姿があった。

——ガリル。

フリオとリースの子供で、エリナーザの双子の弟で、リルナーザの兄にあたる。

いつも笑顔で気さくな性格でホウタウ魔法学校の人気者。

身体能力がずば抜けている。

校長室の応接椅子に座っているガリルは、向かいに座っているニートとタクライドへ交互に視線を向けた。

「ニート校長も、タクライドさんもお久しぶりです」

「いえいえ、こちらこそ今回はわざわざお越しくださってありがとうございますねぇ」

ガリルの言葉に、ニートは笑みを浮かべる。


――ニート。


魔王ゴウル時代の四天王の一人、蛇姫《へびひめ》ヨルミニートが人族の姿に変化した姿。

魔王軍脱退後、あれこれあった後に請われてホウタウ魔法学校の校長に就任している。

本来は下半身が蛇の姿をしているニートだが、人型となっている今は、膝裏まである青い長髪で、豊満な肢体の姿となっておりキセルを手にしている。

その横に座っているタクライドも、笑みを浮かべながらガリルへ視線を向けていた。


――タクライド。


ホウタウ魔法学校の事務員をしている人種族の男。

学校事務に加えて、校内清掃・修繕・保護者への連絡・外部との折衝などホウタウ魔法学校のほぼ全ての業務を担っている。

「いやぁ、しかし、ホウタウ《う》魔法学校《ち》の卒業生のガリル君が、クライロード魔法国の使者として来校するなんて、なんかすごく嬉しくなってしまうよ」

「いえいえ、こちらこそ在校中は色々とお世話になりました。皆様のご指導のおかげで、クライロード騎士団の一員として頑張る事が出来ています」

笑顔で頭を下げるガリル。

すると、その背後に霧が出現し、その中からベンネエが姿を現した。

――ベンネエ。

元日出国《ひいずるくに》の剣豪であり肉体を持たない思念体。

一騎打ちでガリルに敗れ、その強さに感服しガリルの使い魔として付き従っている。

東方である日出国の装束に身を包むベンネエは、ニートとタクライドへ交互に視線を向ける。

「そんなにへりくだらずとも、全ては我が主殿《あるじ》の力量ゆえの事ではございませんか。その主殿がわざわざ出向いておられるのです、それを座して迎えるなど……」

「べ、ベンネエさん、そこまで！　それ以上はいけないよ」

ガリルはベンネエの口を慌てて押さえた。

一方、その向かいでは、

「あぁ？　お前ぇ、こっちが下手に出ていれば調子にのりやがってぇ、ちょっと表に……」

ベンネエの言葉にキレたニートが立ちあがって身を乗り出そうとしたが、それを隣に座っているタクライドが全身で押さえ込んでいた。

「すと～っぷ！　ニート校長！　抑えて！　とにかくここは抑えてください！　こんな言葉でいちいちキレないでくださいって、いつもお願いしているでしょう！」

ニートの腰のあたりに抱きつく必死のタクライド。

ニートは、その髪の毛を細い蛇化させ、逆立てた状態でベンネエを睨み付けていた。

一方のベンネエもまた、右手に長刀《なぎなた》を具現化させ、ニートを挑発的な眼差しで睨み返していた。

……しばらく後。

ガリルの指示でベンネエが霧の中へ戻った事で、どうにか室内は安静を取り戻していた。

「先程は、連れが本当に失礼をしてしまい……」

「いえいえ、こちらこそ校長が大人げない姿をお見せしてしまい……」

互いに苦笑しながら、ガリルとタクライドは頭を下げ合った。

そんなタクライドの隣で、ニートは腕組みをしたままドカッとソファに腰を下ろし、そっぽを向いたままだった。

（……ニート校長ってば、本当に感情が高ぶりやすいというか……学校行事の時にも、僕の同級生達が言う事を聞かなかった時に本気で怒っちゃう事があったっけ……）

在籍していた頃の事を思い出しながら、ニートへ視線を向けるガリルは、

「それで今日来校させて頂きましたのは、先に手紙でもお伝えさせて頂いておりますが……」

持参してきた鞄《かばん》の中から一通の封筒を取り出し、タクライドに手渡した。

「この度、クライロード魔法国内にある全ての学校を認可制にする事になりまして、その認可証をお届けに上がった次第でして……」

「えぇ、了解しております。なんでも、魔王軍との休戦協定が結ばれてからこちら、クライロード魔法国の各地に学校が設立される動きが活発化しているものの、授業レベルがクライロード魔法国が設定している最低基準に達していない悪質な学校が出現しているための措置って事なんですよね」

タクライドは書類に目を通しながら言葉を続ける。

その言葉に、ニートが大きなため息を漏らした。

「で、クライロード魔法国が設定している最低基準に達しているかどうかの査察として、お前が派遣されたってわけなのかねぇ？」

ガリルは、その言葉に苦笑しながら頷いた。

「えぇ、そのとおりです……名目は査察となっておりますが、ここ、ホウタウ魔法学校は、魔王軍との間に休戦協定が結ばれる前から基準を十分満たしている授業を行っていた実績もありますし、何よりそれに関しましては、他ならぬ僕自身が一番理解もしておりますので、査察とはいえ、形だ

けと申しますか……」

そう言うと、もう一通の封筒を差し出すガリル。

それを受け取ったニートが中身を取り出すと、

『クライロード魔法国認可証』

と書かれている証書が入っており、クライロード魔法国の魔導士の魔法による認可印が刻まれていた。

「なるほどねぇ……信頼はしてもらえているって事、なのねぇ？」

「えぇ、そういう事です」

ニートの言葉に笑顔で頷く。

そんなガリルをジッと見つめるニート。

「……それはもちろん、アタシの素性を理解した上で認可してもらえているって事でいいのかしらねぇ？」

ニートは、元魔王軍四天王の一人、蛇姫《へびひめ》ヨルミニートである。

その正体を公言してはいないものの、ホウタウ魔法学校に通っている子供達の保護者の中には、ニートが魔族である事に感づいている者も少なくない。

魔王軍との間に休戦協定が結ばれたとはいえ、まだ日が浅く、魔族が校長である事に違和感を持つ者が出てもおかしくない。

その事を危惧した上での、ニートの言葉であった。

「えぇ、それに関してはクライロード魔法国の長である姫女王様直々にお認めになられておりますので、ご安心ください」

「ふぅん……」

ガリルの言葉を受け、しばし思案を巡らせたニートは、

「……そうねぇ、この話、ありがたくお受けさせて頂くわねぇ。その旨、クライロード魔法国にお伝えくださるかしらねぇ？」

そう言うと、その顔に笑みを浮かべた。

「わかりました。しかと伝えさせて頂きます」

ニートの言葉に、ガリルはにっこりと微笑む。

そんな二人の様子に、タクライドはやれやれといった様子でソファに深々と座り直した。

◇◇◇

ガリルが去った後の校長室の中。

ニートは、応接椅子から校長用の机へ移動していた。

先程ガリルから受け取った書類へ、改めて視線を落とす。

「ねぇ、タクライド？」

「はい、なんですかニート校長」

「あんたさぁ……アタシに校長の座を依頼してきた時にさぁ……『行方不明の校長が戻ってくるまでの間でいいから、校長を務めてほしい』って言ってたわよねぇ？」

「えぇ、言いましたね」

タクライドはいれなおした紅茶のカップをニートの机上に置く。

「あれってば、アタシが強力な魔力を持ってるからって事で、依頼したはずよねぇ？」

「えぇ、そうですよ」

「……でもさぁ、元魔王軍で、しかも元四天王だったアタシなんかが校長を務め続けていたらさぁ、何かと問題も起きるんじゃないかしらぁ？」

大きくため息を漏らしたニートは書類を机上に置いた。

「いえいえいえ。そんな事はありませんよ」

タクライドは、そんなニートの眼前に身を乗り出す。

その気合いの入った様子を前にして、ニートは思わず身を引いた。

「事実、ニート校長が就任して以降、ホウタウ魔法学校は大きなトラブルが起きる事もなく、それどころかクライロード魔法国で最高位と言えるクライロード騎士団で主席を取るほどの生徒を輩出しているのです。その実績を前にして、文句を言う人がいるわけないじゃないですか。

「まぁ、それでも何か言う人はいると思いますが、私的にも色々と手も考えていますので、そのあたりはこのタクライドにお任せくださいませ」

タクライドはそこまで一気に言い放ち、にっこりと笑みを浮かべた。

その笑顔を前に、ニートは、

「……なんか、うまく丸め込まれている気がしないでもないんだけどねぇ……」

やれやれといった様子でため息を吐いた。

「まぁまぁ、そのあたりの愚痴は、また飲みに行った時にでも聞きますから」

「もちろん、タクライドのおごりよねぇ？」

「えぇ……またですかぁ……俺、貧乏ひまなしなの、ご存じですよね？」

苦笑して頭を抱えるタクライドの様子を、ニートは悪戯っぽい笑みを浮かべながら見つめていた。

「ま、アタシの経歴に関しては、考えている事もあるし……その事についても相談しようじゃないかねぇ」

◇ホウタウ魔法学校内・購買◇

ホウタウ魔法学校の中央あたりに三階建ての建物がある。

一階が、購買になっており、二階より上が寮になっている。

購買の運営は外注されており、その全てをフリース雑貨店が担っている。

そんな購買の中、フリース雑貨店のエプロンを身につけているアイリステイルが、購買内に並べられている机を拭いていた。

——アイリステイル。

ガリルの同級生だった女の子。

卒業後、フリース雑貨店に入店し、ホウタウ魔法学校の購買勤務になっている。

悪魔人族で、ぬいぐるみを通じてでないと会話が出来ない恥ずかしがり屋。

姉は、現魔王軍四天王の一人ベリアンナだが、それは秘密にしている。

ご多分に漏れず、いまだにガリルに恋心を抱いている。

「……お昼の対応も済んだし……後は、寮のお世話をする魔忍さんが来たら、引き継ぎしてお終い……」

エプロンの下には、いつもの黒を基調としたゴスロリ風のドレスを身につけている。

ドレスの胸には大きなポケットがあり、その中にはアイリステイルがいつも手に持っている猫のぬいぐるみが入っていた。

そんな姿のアイリステイルは、購買の中に設置されている机を一つずつ丁寧に拭いていく。

「……はぁ……私がこんなところでお仕事をしている間、ガリルくんはどうなさっているのかしら……」

大きなため息を漏らしながらも、机を拭く手は休めない。

そんなアイリステイルの前に、

「やぁ、アイリステイル。今日もお仕事お疲れ様」

笑みを浮かべたガリルが姿を現した。

その姿を前にして、アイリステイルはその場でビシッと固まった。

（……え？　え？　え？　な、な、な、なんで目の前にガリルくんのお姿が見えるのかしら？　会いた過ぎて、白昼夢が見えるようになったのかしら？……あぁ、でも、白昼夢でもいいわ……）

手に持っている布巾を横に置き、ガリルに向かってにじり寄る。

その手に胸ポケットから取り出した猫のぬいぐるみを持つと口元に寄せ、

「『ガリルくん！　たとえ白昼夢でもお会い出来て光栄です』ってアイリステイルも言ってるんだゴルァ！』」

猫のぬいぐるみの口を腹話術よろしくパクパクさせた。

アイリステイルの目に映るガリルの笑顔。

その眼前の光景が――いきなりブラックアウトした。

「『あれ？　あれ？　な、何がどうしたの!?』って、アイリステイルも言っているんだゴルァ!?」

目の前が真っ暗になった事に困惑しきりなアイリステイル。

その耳に、

「『何がどうしたの!?』って、それはこっちの台詞《せりふ》リン!」

サリーナの声が飛び込んでくる。

——サリーナ。

ホウタウ魔法学校でガリルの同級生だった女の子。

裕福な家の出身で入学当初はかなり高飛車な性格だったが、ガリルを慕うウチに性格が穏やかになった。

歌に魔力を込め、攻撃する魔法を得意にしている。

サリーナは、ガリルに迫っていたアイリステイルの顔を右手でむんずと摑むと、その間に割って入る。

アイリステイルは自分の顔を覆っていたサリーナの手をどうにかどけ、怒り顔のサリーナと超至近距離で睨み合った。

「『なんであなたがここにいるのかしら?』って、アイリステイルも言っているんだゴルァ!?」

猫のぬいぐるみの口を腹話術よろしくパクパクさせながら怒り声をあげる。

「ガリル様の従者として派遣されたリン。ガリル様が、お店で働いているアンタに挨拶していくって、素晴らしい気配りをなさるからついてきてみれば、いきなりこれリン!?」

そんなアイリステイルに、サリーナは鼻の頭を突きつけながら声を荒らげた。

互いに額を突き合わせながら、

「グヌヌヌヌ」

「『グヌヌヌヌ』って、アイリステイルも言ってるんだゴルァ!」

至近距離で睨み合う。

「ちょ、ちょっと二人とも、久しぶりに会ったんだからさ、落ち着いて」

そんな二人を苦笑しながらなだめようとするガリル。

(……二人とも学生時代からこんな感じで仲良くケンカしてたもんなぁ。父さんが、仲がよい人ほどよくケンカをするって言ってたけど、本当なんだなぁ……)

クライロード騎士団に主席で入団しても、相変わらず女心に疎いままであった。

◇クライロード城・玉座の間◇

この日、クライロード城の玉座の間、その玉座には姫女王が座っていた。

――姫女王。

クライロード魔法国の現女王。本名はエリザベート・クライロードで、愛称はエリー。

父である元国王の追放を受け、クライロード魔法国の舵取《かじと》りを行っている。

国政に腐心していたため彼氏いない歴イコール年齢のアラサー女子。

その右に第二王女、左に第三王女が控えており、その左右の壁際には、大臣達が一列に並んでいる。


——第二王女。

姫女王の一番目の妹で、本名はルーソック・クライロード。

姫女王の片腕として、魔王軍と交戦状態だったクライロード王時代から外交を担当し、他の人種族国家と話し合いを行っていた。

ざっくばらんな性格で、普段は姫女王にもフランクに話しかける。


——第三王女。

姫女王の二番目の妹で、本名はスワン・クライロード。

姫女王の片腕として、貴族学校を卒業して間もないながらも主に内政面を任されている。

姫女王の事をこよなく愛しているシスコンでもある。

そんな一同の前、玉座の前には、数人の男達の姿があった。

クライロード魔法国の正装とは明らかに異なる正装を身につけているその一団は、他国から派遣された使節団であった。

その使節団から受け取った書状に目を通していた姫女王は、

「……では、この件に関しましては、大臣と協議した上で、改めて返答させて頂くという事でよろしいでしょうか？」

その視線を一団へ向け、言葉をかけていく。

その言葉を受けて、一団の中央に立っている男は、

「は、それで問題ありません。それでよろしくお願いいたします」

恭しく一礼する。

他の男達も、それに呼応し、頭を下げた。

それを受け、姫女王は手にしていた書状を第二王女へ差し出し、

「では第二王女、この件に関してはそのように処理をお願いします」

小声で指示を伝える。

「わかりました。では、そのように……」

第二王女は恭しく一礼し、書状を受け取った。

程なくして、使節団の男達は玉座の間を後にしていった。

それを見送った姫女王は、小さく息を吐き出した。

「魔王軍との間に休戦協定が結ばれた事で、他国からの使節団が毎日のように来られますわね……でも、その対応をするのも、クライロード魔法国の長たる私の仕事……それはわかっているのですが……」

その視線を脇の机へ向ける。

その机上には、謁見を控えている他国からの使節団から提出されている要望書が山積みになっている。

横目でそれを確認した姫女王は、その表情を引き締めた。

「さぁ、次の使節団の方をお招きくださいませ」

姫女王が凛《りん》とした声で指示を出す。

そんな姫女王に、第三王女が歩み寄った。

「あ、あの、姫女王お姉様、少しお休みになった方がよろしいのでは？　朝から一度もお休みを取っておられませんですわん」

その顔に心配そうな表情を浮かべる。

そんな第三王女に、姫女王は、

「ありがとう第三王女。ですが、お仕事はお仕事、しっかり責務を務めさせて頂きます」

にっこり笑みを返していく。

（……今日は、ガリル君から、ご家族で行われるバーベキューのお誘いを受けているのです……しかも、家族の一員として……家族の一員としてお誘いを受けているのです……このお誘い、絶対にすっぽかすわけにはいきませんわ）

内心でそんな事を考えながら、姫女王は次の書状へ手を伸ばしていった。

◇ホウタウの街・フリオ宅◇

陽光がやや傾き、フリオの自宅の影が長くなりはじめていた。

そんな中、フリオ宅の前に、降下してきたラインオーナが大きな翼をはばたかせながら着陸する。

ラインオーナの頭上に乗っていたリルナーザは、

「ありがとうございますラインオーナさん！」

満面の笑みを浮かべて頭を優しく撫《な》でた。

「いえいえ、ご主人様のご命令とあらば、これくらい」

凛とした声で返事をしながらラインオーナは頭を下げる。

その頭上から、まずリルナーザが、続いてサベア達が次々に地上へ飛び降りていく。

「思ったよりも早く修繕作業を終える事が出来ましたね」

地上に降り立ったフリオが、天空へ視線を向ける。

その視線の先には、青空が広がっている。

「旦那様、それに皆様、お仕事お疲れ様でした」

そんなフリオの前にメイド服姿のタニアが歩み寄り、スカートの端をつまんで恭しく一礼した。

フリオ達が天空から戻ってくるのを察し、タニアは湖からフリオ宅へと戻ってきていた。

「タニア、出迎えてくれてありがとう」

「いえ、フリオ家のメイドとして当然の行為をしたまででございますわ」

フリオの言葉に更に頭を下げる。

そんなタニアの様子を、近くの上空から見つめているゾフィナは、

（……記憶の一部を失っているとはいえ、元神界の使徒であるタニアライナがここまで従順に従っているなんて……神界の使徒時代は、もっとこう……）

そんな回想を脳内で展開していた。

その横で、フリオに続いて地上に降り立ったリースもまた、フリオが見上げている天空へ視線を向ける。

「なんだか不思議な気分ですわね。ついさっきまであそこにいたなんて……」

その後方に降り立ったエリナーザは、

「本当にママの言うとおりよね。地上《ここ》から見たら果てしない空が広がっているようにしか見えないもの……この魔法の仕組みにはすごく興味があるわ。どうにかして再現出来ないものかしら……」

腕組みをし、不思議そうな表情を浮かべながら上空を見つめ続けていた。

その横で、リースは、

「さて、とにもかくにも、こうして地上に戻ってきたわけですから、ここからは私の番ですわね！」

気合いの入った表情をその顔に浮かべると、

「さぁ、みんなの慰労のバーベキューの準備を早急に済ませてまいりますわ！　タニアは、準備が整うまでの間、旦那様達を慰労してくださいね」

そう言うが早いか、手足の先部分のみを牙狼化させ、湖の方角へ向かって四つ足で駆け出す。

そんなリースを、

「かしこまりました。お任せくださいませ」

恭しく一礼しながら見送ったタニアは、その視線をフリオ達へと戻す。

「では、ご主人様と、御息女様方は一度室内へお入りくださいませ……それと……」

その視線を、フリオ達の後方にいるゾフィナへ向ける。

「……非常に不本意ではありますが、どうしても同席したいというのであれば、あなたの同席も許してあげなくもないでありますわよ」

タニアは眉間にシワを寄せ、忌々しそうに言い放つ。

そんなタニアの言葉に、ゾフィナは思わず苦笑した。

「……お前、絶対に記憶が戻っているだろう」

「……さて、何の事でしょう？」

「……まったく……神界《こっち》はただでさえ人手不足なんだ……女神候補とも言われていたタニアライナであれば、すぐにでも……」

「……さて、何の事でしょう。私はタニア。旦那様とそのご家族の皆様に生涯の忠誠を誓ったただのメイドに過ぎません」

ぶっきらぼうに言い放つと、フリオ達が向かっているフリオ家の玄関へ向きを変えた。

「……今回、魔法防壁が破損している間に、この世界へ一人の進入者がおりました。今のところ、不穏な動きは見せておりませんが、一応伝えておきます」

「な!?」

タニアの言葉に、思わず目を見開くゾフィナ。

「あなたも、この世界の統治を任されている女神の配下である神界の使徒であるならば、なんとかしてみせなさい……これ以上、旦那様の手を煩わせない事を願います」

言い終えると、足早にフリオ家の中へ入っていった。

（……失態ですね……この球状世界の魔法防壁が破損している間、よからぬ者が侵入してこないように警戒態勢を敷き、ことごとく駆逐していたのですが……）

右手をこめかみにあてるゾフィナ。

『クライロード球状世界の警備に当たっていた神界の使徒達に告ぐ。クライロード球状世界に進入した者を見つけ出し、捕縛しなさい。対象の生死は問いません』

『は！』

ゾフィナの思念波に、複数の返答が返ってくる。

それを確認したゾフィナは、自らも背に翼を具現化させた。

手に具現化させた大鎌を構え、そのまま上空へと舞い上がる。

「お待ちなさい」

その足を、タニアがいきなり摑んだ。

「ふぇ!?」

不意を突かれたゾフィナは、勢いよく顔面から地面に倒れ込んだ。

「た、タニアライナ……いきなり何を……」

顔を押さえながらタニアへ視線を向ける。

タニアは地面に倒れ込んだままのゾフィナに対し、膝を曲げ、その眼前に顔を近づけた。

「ゾフィナ、あなたどこに行こうというのですか？」

「どこに、って……それは侵入者の探索に向かうに決まって……」

ゾフィナがそこまで口にすると、タニアはその額に自らの額を押し当てる。

「何を言っているのですか？　あなたはこの後のバーベキューに招待されているのですよ？　それをドタキャンしようというのですか？　それに、先程申し上げたでしょう？　侵入者は今のところ不穏な動きは見せていないのです。私が言いたい事は、おわかりですよね？」

にっこり笑みを浮かべながら言葉を続ける。

その顔には笑みを浮かべてはいるものの、背後にはすさまじい怒気が立ちのぼっていた。

そのあまりの迫力を前にして、ゾフィナは、

「わ、わかった……私は、この後のバーベキューに参加しよう」

そう応えるしかなかった。

その言葉を聞いたタニアは、途端にその背後の怒気を消滅させると、

「では、旦那様と奥方様に続いて、会場にいらしてください。私は、会場の設営に戻りますので」

スカートの裾を少し持ち上げて一礼すると、その場から姿を消した。

そのあまりの速さにゾフィナは思わず苦笑する。

「……まったく……神界にいた頃には、そんな挨拶などした事がなかっただろうに」

◇とある街のとある裏街道◇

クライロード魔法国の国境付近にある、とある街。

表通りこそ、それなりに人通りがあるものの、街道を一本裏に入ると途端に人通りが少なくなる。

そんな街道の一角、人の気配が少ない石造りの建物があった。

その建物の二階の一角に、一人の男の姿があった。

豪奢《ごうしゃ》な装飾が施されている椅子に座っているその男は、葉巻をくわえ、貧乏揺すりをしていた。

「……ったく、一体全体どうなってやがるんだ」

吐き捨てるようにそう言うと、忌々しそうに葉巻の煙を吐き出すその男――闇王は、貧乏揺すりの度合いを更に強くしていく。


――闇王。

元クライロード魔法国の国王であり姫女王の父。

悪事がばれ、国を追放された後、王在位時から裏で行っていた闇商売に活路を見出《みいだ》し闇王を名乗っている。


その横に、後方の暗闇から姿を現した一人の女が歩み寄ってくる。

金色のチャイナ服に身を包んでいる、腰まである金髪の女――金角狐《きんつのぎつね》は、

「どうしたコン？　今日はまたいつも以上に機嫌が悪そうコンだけど？」

小首を傾げながら闇王へ視線を向けた。


――金角《きんつの》狐。

元魔王軍の有力魔族であった魔狐《まぎつね》族の当主姉妹の姉で金色を好む。

魔狐族崩壊後、闇商売で協力関係にあった闇王と手を組み行動を共にしている。

そんな金角狐《きんつの》を、忌々しそうに舌打ちするとギロリと睨み付けた。

「『どうした？』だぁ？　何を言ってやがる。お前ぇ達姉妹がやっていたニセ魔導具の売買事業がどうなっているか、このワシが知らねぇとでも思っているのか、あ？」

「そ、それは……」

その言葉を受けて、ギクリとした表情を浮かべ、思わず半歩後退る。

その反対側、背後の暗闇の中から銀色のチャイナドレスに身を包んでいる銀角狐《ぎんつの》が、あたふたしながら駆け寄ってくる。

――銀角狐《ぎんつの》。

元魔王軍の有力魔族であった魔狐族の当主姉妹の妹で銀色を好む。

魔狐族崩壊後、闇商売で協力関係にあった闇王と手を組み行動を共にしている。

「そ、それについては、準備に色々と手間取っているココン……もう少し待ってほしいココン」

「準備だぁ？」

「そ、そうコン」

銀角狐《ぎんつの》の言葉に、金角狐《きんつの》は愛想笑いを浮かべながら何度も頷く。

「い、今はさ、魔王軍とクライロード軍の間に休戦協定が結ばれた影響で、以前よりも商品の流通の規制がすっごく厳しくなっているコン」

「だ、だから、今、新しくニセ魔導具の売買ルートを構築すべく、人員を派遣しているココン。その成果が出るまでもう少し待ってほしいココン」

金角狐《きんつの》の言葉に合わせるように、銀角狐《ぎんつの》も何度も頷く。

そんな会話の中、互いに視線を交わす魔狐姉妹の二人。

（……今は我慢コン……今回のニセ魔導具の売買を成功させる事によって、闇商会での実権をアタシ達の手に掴むまでコン……）

（……今までは、闇商会の流通ルートを利用しないと金儲《かねもう》けも出来なかったココンだから、仕方なく付き従っていたココンけど、実権を握る事が出来さえすれば、こんな男、用なしココン……）

心の中でそんな事を思案していた。

そんな二人の様子を横目で睨み付けていた闇王は、

「……ったく、何か悪巧みでもしているような顔をしやがって、忌々しい」

そう言うと、忌々しそうに舌打ちした。

「とにかくだ、ニセ魔導具の売買がうまくいってないのには、あの忌々しい店の影響も大きいしな……そっちに関しては手を打っておる。それと、ニセ魔導具の売買の代わりになる商売にも着手しておるから、お前達はそっちの手伝いに行ってこい」

「に、ニセ魔導具の売買に代わる商売コン？」

「そ、それは一体どんな商売ココン？」

闇王の言葉に、二人は互いに顔を見合わせ首をひねる。

そんな二人の様子に、再度忌々しそうに舌打ちすると、

「ごちゃごちゃうるせぇ。とにかくだ、お前ぇ達はここに行って、準備しているヤツらの指示に従えばいいんだよ」

そう言うと、魔狐姉妹に一枚の紙を手渡した。

「はぁ、わかったコン」

「じゃあ、準備が出来次第、ここに向かうココン」

（……確かに、アタシ達が任されていたニセ魔導具の売買が全滅状態なんだし、今はこの男の指示にしたがっておくしかないコンね……）

（……忌々しいけど、今はそれしかないココンね……）

紙を手にした金角狐《きんつの》とそれをのぞき込む銀角狐《ぎんつの》は、互いに頷き合うと、部屋を後にした。

そんな二人を、豪奢な椅子に座ったまま見送った闇王は、

「……あいつらの方が上手《うま》くいって、あいつらに指示した潜入工作が上手くいけば……今後の見通しも明るくなるってもんなんだが……」

大きなため息を漏らすと、不機嫌そうに葉巻を吸った。

◇ホウタウの街・ホウタウ魔法学校◇

ホウタウの街の一角。

定期魔導船発着場所にほど近い場所にホウタウ魔法学校がある。

その校舎の二階の一角に設置されている職員室。

その中に、ベラノの姿があった。


――ベラノ。

元クライロード城の騎士団所属の魔法使い。

小柄で人見知り。防御魔法しか使用出来ない。

今は騎士団を辞め、フリオ家に居候しながらホウタウ魔法学校の教師をしている。

ミニリオと結婚し、ベラリオを産んでいる。


「……今日の授業は終わった……あとは、片づけて帰るだけ……」

机の上の書類をワタワタしながら片づけているベラノ。

そんなベラノに、一人の女性教員が近づいてくる。

「ベラノ先生、今日の授業は終わったがか？」
その教員――おりょうは、笑顔でベラノに話しかけていく。

――おりょう。

日出国出身で、攻撃魔法の教員をしている。

日出国の一部地域で使用されている独特な方言で会話をする妖艶な女性。


いつものように、日出国の民族衣装とも言える着物を、両肩を出すように着崩していた。

「……うん、終わった……」

「なら、この後飲みに行かん？　他のみんなと飲みに行くがで」

「……ごめんなさい。今日は、この後予定があって……家族のみんなでバーベキューをするの」

おりょうの言葉に、ベラノは申し訳なさそうに頭を下げた。

「あぁ、ほんならしゃあない。じゃあ次の機会に」

おりょうはそんなベラノに笑顔で手を振りその場から立ち去ろうとしたのだが、ふとその足を止めた。

「そうそう、それよりも聞いたかい？　あの話」

「……あの、話？」

「クライロード魔法国の僻地《へきち》に、金儲け第一主義の悪質な学校が出来ちゅうって話」

「……あ、うん」

おりょうの言葉に、ベラノはコクコクと頷く。

「……クライロード魔法国の魔法使役部隊に入隊出来る生徒を育成するとか言って、多額の入学金を最初に集めて、その後何度か授業をしたら跡形もなく消え去っちゃうって……」

「今までは小規模やったみたいなんだけんど、だんだん規模が大きゅうなっちゅうみたいでね。その対策として学校が認可制になったみたいやね。まぁ、ウチの学校は当然認可されたみたいだけどさ」

「……うん、知ってる……ガリル君が、認可証を持ってきてた」

おりょうの言葉に、ベラノは再びコクコクと頷く。

「ガリル君も、クライロード騎士団に入団してからこんな短期間に、クライロード城からの使者を務めるなんて、大出世だね。さすがは我が校自慢の卒業生」

「……うん、本当にすごい……ガリル君」

ベラノが頷くと、その後方に、二人の人影が歩み寄ってくる。

ベラノが振り向くと、そこにミニリオとベラリオの姿があった。

――ミニリオ。

フリオが試験的に産みだした魔人形。

フリオを子供にしたような容姿をしているためミニリオと名付けられ魔法学校でベラノの補佐をしている。

ベラノのお手伝いをしているうちに仲良くなり、今はベラノの夫でベラリオの父。


――ベラリオ。

ミニリオとベラノの子供。

魔人形と人族の子供という非常に稀少な存在。

容姿はミニリオ同様フリオを幼くした感じになっている。

中性的な出で立《いた》ちのため性別が不明。


最初はミニリオがベラノの手伝いとしてホウタウ魔法学校に出入りしていたのだが、その技量を認められホウタウ魔法学校の臨時職員として勤務するようになり、その流れで、その息子であるベラリオも、今では生徒を飛び越して臨時職員となっている。

二人に気がついたベラノは、笑顔で二人へ歩み寄った。

「……二人とも、お仕事終わったの？」

ベラノの言葉に頷くミニリオとベラリオ。

「……私も、もうすぐ終わるから、一緒に帰ろう」

その言葉に、再び頷く二人。

そんな三人の様子を見つめながら、おりょうは笑みを浮かべた。

「相変わらず仲良しだねぇ。ほな、また明日」

右手を振りながら、その場を立ち去る。

そんなおりょうの後ろ姿を見送りながら、

「……あ、はい……また明日」

ベラノもまた一度頭を下げた後、右手を振る。

ミニリオとベラリオもそれに続いていた。

（……ほんと、仲良しだねぇ……息ばっちりやない）

そんな事を考えながら、おりょうは職員室を後にしていった。

その後、後片づけを大急ぎで終わらせたベラノは、ミニリオとベラリオと一緒に、ホウタウ魔法学校を後にした。

◇ホウタウの街・フリース雑貨店◇
ホウタウの街は、今日も多くの人々でごった返していた。

そんなホウタウの街の上空を、大きな魔導船が通過していく。

その光景を、フリース雑貨店の入り口付近にあるオープンデッキからチャルンが見上げていた。

――チャルン。

かつて魔王軍の魔導士によって生成された魔人形にしてカルシームの妻。

廃棄されそうになっていたところをカルシームに救われ以後カルシームと行動を共にしており、今はカルシームと一緒にフリオ家に居候している。

「今日も多くの人が行き来しているでありんすねぇ」

メイド調の衣装に身を包んでいるチャルンはにっこり微笑んだ。

そんなチャルンに、

「すいません、お茶のおかわりをお願いします」

席に座っているお客から声がかけられた。

「はぁい、今いくでありんすえ」

その声に、元気に返事を返す。

オープンデッキの上には『カルチャ飲物店』の看板が掲げられている。

カルシームとチャルンが二人ではじめたお茶と軽食のお店である。

席に座っている女性冒険者のテーブルの上に置かれているカップに、チャルンは手際よくお茶を注いでいく。

「店員さんってば、お茶を煎れる姿も素敵ですね」

「そうでありんすか？　お褒めにあずかり光栄でありんす」

女性冒険者に対し、優雅な所作で一礼した。

元々、魔族の身の回りの世話をするために生成された魔人形であるチャルン。

そのため、お茶を煎れる・挨拶をするといったおもてなし関係の所作に長けていたのである。

女性冒険者のテーブルを後にするチャルンに、

「あ、店員さん、注文いいですか？」

待ち構えていたかのように、他のテーブルから声がかけられる。

「はぁい。今行くでありんす」

チャルンがそちらへ向きを変えると、

「店員さん、その後、こっちも注文お願いします」

「あ、こっちもよろしく」

続いて、他のテーブルからも声がかけられる。

「はぁい、順番にお聞きしますゆえ、今しばらくお待ちくださいでありんす」

笑顔で皆へと返事をする。

そんなチャルンの様子を、カルシームは、オープンデッキに併設されている調理場の中から見つめていた。


――カルシーム。

元魔王代行を務めていた事もある骨人間族《スケルトン》にしてチャルンの夫。

一度消滅したもののフリオのおかげで再生し、今はフリオ宅に居候し、時折フリース雑貨店の店長代理を務める事もある。


魔法コンロの上にフライパンをのせ、パンケーキを焼く。

「うむうむ、盛況でよきかなよきかな」

カルシームは顎の骨をカタカタ鳴らしながら、嬉しそうに笑い声をあげた。

フライパンからパンケーキの美味しそうな匂いが立ちこめる。

すると、

「くんくん……美味しそうな匂い……」

カルシームの頭上から女の子の声が聞こえてくる。

その女の子――ラビッツは、いつものようにカルシームの頭に抱きついたまま、立ちのぼってく

るパンケーキの匂いを嬉しそうな表情を浮かべながら匂い続けている。

――ラビッツ。


カルシームとチャルンの娘。

骨人間族《スケルトン》と魔人形の娘という非常に稀少な存在。

カルシームの頭上に乗っかるのが大好きで、いつもニコニコしている。

もうじきホウタウ魔法学校に通いはじめる予定。


「うむうむ、ラビッツや、このパンケーキが美味しそうかの?」

「あい!」

カルシームの言葉に、ぱぁっと表情を輝かせる。

「そうかそうか。しかし、これはお客様の注文じゃからな」

「あいぃ……」

カルシームの言葉に、表情を曇らせた。

「そのかわりじゃな、このパンケーキが焼き上がった後でラビッツ用のパンケーキを焼いてあげるとしよう。それまで待ってくれるかの?」

その言葉を受けて、曇っていたラビッツの表情が再び輝いていく。

「あい！　パパ大好き！」

ラビッツはカルシームの頭を抱きしめ、その頭頂部に頬ずりをする。

「うむうむ、喜んでもらえてなによりじゃ」

そんなラビッツの様子に、満足そうに頷くカルシーム。

「……しかし、あれじゃな……」

焼き上がったパンケーキを、皿に盛り付けながら、オープンデッキを見回していく。

こぢんまりとしているオープンデッキには、テーブルが数卓のみ設置されている。

そのテーブルはすでに満席で、オープンデッキの入り口には、席が空くのを待っているお客が数組いる。

入り口の脇にはテイクアウトの注文を受け付けるためのカウンターが設置されており、そこでは、ダクホーストが接客をしているのだが、

「は、はい、冷茶を三つとパンケーキを三つね、次のお客さんは、紅茶の大と……」

途切れる事なく押し寄せ続けているお客を前にして、てんてこまいになっていた。


——ダクホースト。

元魔王軍四天王スレイプの部下だった魔馬。

現在はフリース雑貨店の輸送関連部門の責任者となっており、仕事の合間にはフリース魔獣レー

ス場のレースにも参加している。

（……ったく、輸送任務がなかったから安請け合いしちまったけど、カルチャ飲物店のテイクアウトって、こんなに忙しかったのか……これじゃあ、魔導船の乗務業務から戻ってきたグレアニールをデートに誘うどころじゃないじゃないか……）

接客業務を安請け合いした事を内心で後悔しながらも、満面の笑みを絶やす事なく接客を続けているダクホーストだった。

そんな店内の様子を見回していたカルシームは、

「……ふむ、カルチャ飲物店《このみせ》も、スタッフを雇った方がよいかもしれぬのぉ」

うむうむと考え込んでいく。

それが聞こえたのか、カルシームの頭上のラビッツが、

「あい！　ラビッツお手伝いする！」

満面の笑みを浮かべながら、高々と右手を上げた。

その様子を見たカルシームは嬉しそうな表情を浮かべる。

「うむうむ、ラビッツよ、その気持ち、この父、とても嬉しいぞ。では、このパンケーキを、あのテーブルに持っていってくれるかの」

そう言うと、盛り付けたばかりのパンケーキの皿をラビッツに手渡した。

それを受け取ったラビッツは、

「あい！」

元気に返事をする。

そして、そのままパンケーキを一口で食べてしまった。

「パパのパンケーキ、美味しい！」

口をモグモグさせながら、満面の笑みを浮かべる。

そんなラビッツの様子を見つめながら、カルシームは、

「うむうむ、では急いでパンケーキをもう一枚焼くとするかの」

そう言うと、フライパンに油を引いていった。

◇クライロード城・騎士団寮◇

クライロード城の敷地内に、騎士団の寮が設置されている。

かつて、魔王軍と交戦状態にあった頃、ここは歴戦の騎士達がいつでも出撃出来るように常時待機するための場所であった。

しかし、魔王軍との間に休戦協定が結ばれている今、ここはクライロード学院の生徒や、卒業して間もない若い騎士達が住み、日々訓練に明け暮れている。

そんな騎士団寮の一室で、

「な、なんですってぇ!?」

学院の生徒であるルルンが眼《め》を丸くしながら絶叫していた。


――ルルン。

魔族であるサキュバス族と人族のハイブリッドであり、人種族と魔族の友好施策の一環として、クライロード学院に迎え入れられた生徒の一人。

成績優秀で人望が厚く、生徒会長を歴任している。


「ど、どういう事……ガリル君がクライロード魔法国の勅命を受けて、ホウタウ魔法学校へ出向いているのは聞いていたけど、なんで今日は帰ってこないのよ!?」

「そ、そんな事を仰られましてもですね……」

そんなルルンを、ロカーナが困惑した表情を浮かべながら必死になだめる。


――ロカーナ。

クライロード魔法国の貴族の娘で、魔法の能力に長けている女の子。

ロングヘアで、成績優秀なルルンを慕っているクライロード学院の生徒の一人。

魔法学で優秀な成績をあげており、生徒会の副会長を務めている。

「ホウタウの街は、ガリル君の出身地ですし、明日は休日ですし、休暇を実家で過ごしてくるって事だと思うんですよね」

「そ、そんな事はわかっていますわ……でも……」

ルルンは悔しそうに唇を噛《か》みしめる。

「せ、せっかく、偶然を装って、ガリル君の部屋を訪れて、クライロード城下街を案内してさしあげる約束をとりつけようと思っておりましたのに……」

ブツブツ呟きながら、室内を早足で歩き回る。

そんなルルンの様子を、ロカーナは苦笑しながら見つめていた。

（……いつもクールで優秀なルルン様だけど……ガリル君の事になると途端にポンコツになるのよね……）

チラッと、その視線を部屋の奥に置かれている本棚へと向ける。

そこには、参考書や魔導書に紛れるようにして、恋愛小説が置かれていた。

それにはいくつもの付箋が貼られており、その付箋にはびっしりと文字が刻まれている。

（……結局のところ、ルルン様って、恋愛経験が圧倒的に少ないのよね……だから、恋愛小説を熟読して、ガリル君と仲良くなるための作戦をあれこれ考えているみたいだけど……その結果が『偶然を装って部屋を訪れる』じゃあ……）

ロカーナは苦笑しながら本棚を見つめる。

「ちょっとロカーナ！　聞いているのかしら！」

「は、はい！」

いきなり声をかけられ、慌てて視線をルルンへ戻した。

ルルンはそんなロカーナの様子を、眉間にシワを寄せながら睨み付ける。

「……とにかく、今日は付き合ってもらいますわよ」

「え？　つ、付き合うって、一体何に……」

「今後、ガリル君との仲を近づけるための作戦会議に決まっているではありませんか、意見は少しでも多い方がいいわね、デスリスもすぐに呼びましょう」

そう言うが早いか、こめかみに人差し指をあてながら思念波を発していく。

「……あ、デスリス？　ちょっと私の部屋まで来てくださるかしら？　は？　今に決まっているでしょう？　ですから……」

イライラした様子で思念波での会話を続ける。

ロカーナは、そんなルルンの様子を見つめながら、

（……ホント、ルルン様って完璧に見えて、こういったところがすっごいポンコツなのよね……そのギャップがちょっとすごすぎるんですけど……）

そんな事を考えながら、その顔に苦笑を浮かべていた。

◇ホウタウの街近くの湖◇

フリオ宅は、ホウタウの街のはずれにある。

かつて、魔獣や魔族からの襲撃に備えるために設置されていた城壁の外にあった地。

そこで金髪勇者の部下になる事を拒否し、当時生活していた家と土地ごとこの地へ転移させ、定住していた。

その時のフリオ宅は二階建てで、小さな家庭菜園が付随していた。


家の前に立っているフリオは、後方にそびえている自宅へ視線を向けていた。

そこに、リースが小走りに歩み寄ってくる。

「旦那様？」

「何をなさっているのですか？」

「いや……ちょっと家を見ていたんだけどさ……」

フリオの視線の先には、木造四階建ての大きな邸宅がそびえていた。

「ここにはじめてやって来た時は、二階建ての小さな家だったなぁ、って思い出してさ」

「そうですわね。あの頃は住人も少なかったですし、それで十分でしたから。今は生活を共にしている配下の者達《たち》がすごく増えておりますからね。これでもまだ貧相と申しますか、十分とは言えませんが……」

えっへんと胸を張るリース。

そんなリースへ苦笑しながらフリオは視線を向けた。

「リース……だからさ、一緒に暮らしているみんなは配下じゃなくて、大切な仲間というか……」

「旦那様がそう言えと言われるのでしたら従いますが……」

フリオの言葉に、リースは不服そうに頰を膨らませる。

(……牙狼《がろう》族のリースは、一緒に暮らしているみんなの事を群れと認識していて、夫である僕の事をその群れのリーダーと認めてくれているんだけど……)

「君が牙狼族である事はよくわかっているし、僕の事を慕ってくれているのも嬉《うれ》しく思っているよ。でもさ、そんな僕のために、一緒に暮らしているみんなの事も家族と呼んでほしいなぁ、って……」

その顔に笑みを浮かべながらリースへ言葉をかけるフリオ。

そんなフリオの言葉を聞きながら、リースは——顔を真っ赤にしていた。

「ひやぁ!? 『慕ってくれているのを嬉しく思って』くださっている!? 旦那様からそんな言葉を頂けるなんて、リースはなんて果報者なのでしょう!」

耳まで真っ赤にし、両手で頬を押さえながら顔を左右に振っている。

それどころか、嬉しさが爆発したため、具現化した尻尾を左右に振っていた。

その勢いはすさまじく、尻尾が千切れてしまうのではないかというほどであった。

（……僕に褒められた嬉しさが先にたって、感情が爆発しちゃっているみたいだ……でも……こうして、感情をまっすぐ伝えてくれるリースの事を、愛《いと》おしく思っている僕もいるわけで……）

苦笑と、照れ笑いの混ざった表情を浮かべたフリオ。

そこに、

「パパー！　ママー！」

笑顔のリルナーザが駆け寄ってくる。

駆け寄ると言っても、狂乱熊姿《サイコベア》のサベアの背にまたがっているため、実際に駆けているのはサベアであり、その周囲を、シベアをはじめとしたサベア一家の面々が併走していた。さらにその後方には、タベアやラインオーナといった多くの魔獣達が続いている。

そんなリルナーザ達を、フリオは両手を広げ、笑顔で出迎える。

「リルナーザ、それにみんなもお出迎えありがとう」

「は〜い！」

満面の笑みを浮かべながら、リルナーザはサベアから飛び降りるとフリオに抱きつく。

そんな二人の周囲を魔獣達が輪になって囲んだ。

すると、

「パパン！　おかえり！　おかえり！」

背に竜の羽を具現化させているワインが、その後方からすさまじい速さで接近し、その勢いのままフリオに抱きついた。

減速する事なく突っ込んできたワイン。

普通の人種族が相手であれば、その衝撃で上半身と下半身が別々になっていてもおかしくないほどのすさまじい衝撃である。

しかし、その体の周囲に常設防御魔法が常時展開されているフリオは、その衝撃を事もなげに受け止めていたのであった。

「あははぁ、パパン！　おかえり！　おかえり！」

ワインは嬉しそうな笑顔を浮かべながらフリオに頬を寄せる。

「待たせてごめんねワイン。それにリルナーザも、ただいま」

そんなワインと、先に抱きついていたリルナーザを両腕で抱き寄せた。

その視線の端に、何かが映った。

「……あ」

それに気がついたフリオは、右手をそちらへ伸ばす。

「リヴァーナもお出迎えありがとう」

笑顔でそう言うフリオ。

その手の先、フリオ達のいる場所の近くにそびえている樹木に隠れるようにして立っていたのはリヴァーナだった。

フリオに呼ばれて、一瞬ビクッとしたリヴァーナは、

『おいでおいで』

と手招きするフリオの右手に引き寄せられるかのように近づいていき、

「……あの……お、おかえりなさい」

フリオに小さな声をかけた。

それでも、フリオと少し離れた場所に立っているリヴァーナなのだが、

「もう、リヴァーナってば！　ほら、こっち！　こっち！」

そんなリヴァーナを笑顔のワインが抱き寄せ、強引にフリオと自分の間に抱き込んだ。

「あ、あの……ちょっと……」

いきなりの出来事に、顔を真っ赤にして固まってしまうリヴァーナ。

そんなリヴァーナを、そっと抱き寄せるフリオ。

「ただいま、リヴァーナ」

優しい言葉をかけられて、ようやく安堵《あんど》したのか、緊張しまくっている体を柔らかくしたリヴァーナは、

「……お、おかえりなさい……」

恥ずかしそうに頬を染めながら、再びそう言った。

そんな一同の様子を、近くで見つめていたリースは、

「さぁ、挨拶はその辺で終わりにして、バーベキューの会場に行きましょう！」

満面の笑みを浮かべながら、湖へ続いている道を指さしていく。

その言葉に、リースの隣に立っているエリナーザも頷《うなず》いた。

「そうね、予定していた時間を少し過ぎているし、会場に向かいましょう」

そう言うと、右手を地面に向けて小さく詠唱する。

それに呼応して、腕の先、地面の上に魔法陣が展開し、その中から転移扉が出現する。

「さ、湖への扉を準備したから、行きましょう」

そう言うと、先頭に立って扉を開けるエリナーザ。

その扉の向こうには、街道を進んだ先にある、森の中の湖が広がっていた。

「ありがとうエリナーザ」

「あら、これくらいお安いご用ですわ」

フリオにお礼を言われたのが嬉しいのか、エリナーザは上機嫌な様子で転移扉をくぐっていく。

……相変わらずのファザコンである。

◇◇◇

程なくして、フリオ達は転移扉をくぐり、湖の側へと移動していた。

フリオ達が到着した事に最初に気がついたのはゴザルだった。

「おぉ、フリオ殿。お疲れだったな。その様子だと、作業は無事に終わったようだな」

「えぇ、おかげ様で。それよりも、こちらの作業をお任せしてしまって申し訳ありません」

「なぁに、これぐらいなんでもないさ」

フリオの言葉に、ゴザルは豪快な笑顔を返す。

麦わら帽子をかぶっているゴザルの後方には、巨大な魚が何匹も並んでいた。

「今日は特に大漁でな。ほれ、あのとおり十分すぎる魚を釣り上げる事が出来た。それに、バーベキューの準備事態は、リースが中心になって、すでにあらかた終えているしな」

そう言って、ゴザルが後方へ視線を向ける。

フリオがそちらへ視線を向けると、そこにはフリオ達が湖畔でキャンプをする際に使用している小屋があり、その小屋の前に机がいくつも並べられ、机の上には料理ののった皿がかなりの数並んでいる。

（……リースっ、ここの準備をここまでしてから、わざわざ魔法防壁の修繕作業をしている僕達のところに差し入れを持ってきてくれたんだ……)

その光景にフリオは感動を覚えていた。

「さぁ、今日の参加者もあらかた集まっておられますし、一気に準備を終わらせてしまいますわよ」

そんなフリオの隣で、リースは元気な声をあげ、オープンキッチンの方へ駆け寄っていく。

フリオは、そんなリースの方へ歩み寄る。

「リース、僕も何か手伝うよ」

「あら、旦那様はそちらに座って、みんなと談笑なさっていてくださいな」

「いや、でも……」

それでもリースを手伝おうとするフリオの後方に、

「フリオ様」

一人の男が歩み寄ってきた。

フリオが振り返ると、そこにいたのはマウンティだった。


――マウンティ。

魔族のゴブリンにして元魔王軍の兵士。

仲間だったホクホクトンとともにブロッサムの農場で住み込みで働いている。

同族の妻を持ち子だくさん一家の主《あるじ》でもある。

「やぁ、マウンティ。君も参加出来たんだね」

「えぇ、ブロッサム様の取り計らいで、ワシらも今日のバーベキューに参加させてもらえる事になりましてな、そのお礼を申し述べさせて頂きたく、お待ちしていた次第であります」

頭を右手で撫《な》でながら、フリオに向かって頭を下げるマウンティ。

ガッチリ体型ではあるものの、ゴブリンのため身長が低いマウンティはフリオの胸のあたりが頭になる。

そんなマウンティの前で、フリオは膝を折って目線をあわせた。

「いつもブロッサムの農園で頑張ってくださっているのですから、我が家の家族の一員ではありませんか。そんなにかしこまらないで、バーベキューを目一杯満喫してください」

そう言っていつもの飄々《ひょうひょう》とした笑みを浮かべる。

そんなフリオに、マウンティは、

「……ワシのような者に挨拶をするために、わざわざ膝を折ってくださるとは……」

感動した様子で若干涙声になりながら、フリオに右手を差し出した。

その手を、フリオは笑顔のまま握り返す。

すると、そこに駆け寄ってきた女の子のゴブリンが二人の手に自らの手を重ねる。

「フリオ様、いつもありがとう！」

満面の笑みでフリオにお礼を言う女の子。

「これは、ワシの長女でございまして……」

マウンティが説明していると、その後方から続々とゴブリンの子供達が駆け寄ってきて、次々に手を重ねていく。

フリオの周囲はあっという間にゴブリンの子供達で埋め尽くされた。

「マウンティ……この子供達って、みんな君の子供達なのかな？」

「えぇ。長女のシンシアを筆頭に総勢六十八名おりまして、皆で農場仕事をさせて頂いておりますので」

マウンティはフリオの言葉に、照れくさそうに頬を赤く染めながら返事を返す。

（……そういえば、ブロッサムが『最近農場の人手がばっちり確保出来ててさ』って言ってたけど、あれって、ひょっとしてこの子供達の事かな……）

そんな事を考えていたフリオは、

「みんなも、いつも農場で頑張ってくれてありがとう。今日はしっかり楽しんでいってね」

子供達を見回しながら、笑みを浮かべた。

そんなフリオに、子供達はにっこり微笑《ほほえ》むと、

「「「「「「「はい！」」」」」」」

一斉に、元気な返事を返していった。

フリオは挨拶を終えた子供達が会場の方へ駆けていくのを見送る。

「……マウンティ」

「どうなさいました、フリオ様」

「あの、奥さんの姿がなかったように思ったんだけど……」

「あぁ、妻でしたら、もうじき次の子供が生まれそうでしてな。今日は大事をとって家で休んでおります」

フリオの言葉に、照れくさそうな表情を浮かべながら返事を返す。

「あぁ、そうなんだ。それはおめでとう」

フリオもまた、笑顔を返した。

「子が生まれるのも嬉しいのですが、その度にリース様がお祝いをくださるだけでなく、時に子守りの手伝いまでしてくださっておられまして、感謝してもしきれませぬ」

「リースが……」

（……そういえば、夕食の後にマウンティの子供の事も報告してくれていたけど、お祝いだけでなくその後の対応までしてくれていたんだな）

そんな事を考えているフリオの前で、マウンティは照れくさそうに頭を撫で続けていた。

フリオがマウンティと話している頃。

皆が歓談している広場の奥にある石造りのオーブンでは勢いよく炎が燃えさかっており、その炎で、大きな肉が焼かれていた。

その肉が焼けるいい匂いが周囲に漂っており、

「わはぁ！　お肉！　お肉！」

転移してきたばかりのワインが、口の端から涎《よだれ》を垂らして駆け寄る。

オーブンの前に立って火加減の管理を行っているリスレイが、そんなワインを制止する。


――リスレイ。

スレイプとビレリーの娘で、死馬《しば》族と人族のハーフ。

しっかり者でフリオ家の年少組の子供達のリーダー的存在。


「ワイン姉さん、もう少し待ってね。もうすこしで焼けるからさ」

「う～ん、わかったの！　わかったの！」

リスレイの言葉を受けて、ワインは大人しくオーブンの手前で静止した。

……しかし。

リスレイの後方で腰を下ろしたワインは、口の端から涎を垂らし続けていた。

「あ、あはは……こ、困ったなぁ」

後方から迫りくるワインの圧を前に、リスレイは苦笑しながら肉の串を手に取る。

肉の塊が大きいため、焼き上がるのに時間がかかっていた。

「よし……それなら……」

右手をオーブンの火に向けて伸ばし、短く詠唱していく。

すると、リスレイの手の先に魔法陣が展開し、そこから炎が吹き出した。

炎の規模はそこまで大きくはない。

しかし、肉を焼く勢いを増すには十分だった。

「えへへ、エリナーザちゃんほどじゃないけど、アタシだってこれくらいの魔法使えるんだからね」

得意げな表情を浮かべながら、こんがりと肉を焼き上げていく。

程なくして、

「……よし、焼き上がった！」

リスレイは、ふぅと大きく息を吐き出しながら、焼き上がった肉の串を満足そうに見つめる。

すると、

「いっただっきまぁす！」

その言葉を合図とばかりに跳び上がったワインが、リスレイが手にする肉の串にかぶりついた。

「あ!?　ワ、ワイン姉さんってば……」

肉の串を奪われたリスレイが慌てて振り向く。

その視線の先では、肉の串をくわえたまま、

「おっ肉！　おっ肉！」

嬉しそうな声をあげてワインが走り去っていった。

「……もう、ワイン姉さんってば……最初のお肉はフリオおじさんにって、話していたのに」

リスレイは腰に手をあて、不満そうに頬を膨らませる。

そんなリスレイの後ろから近づいてきた男が、リスレイの脇の下に手を入れ、そのまま抱き上げた。

「はっはっは！　リスレイよ、頑張っているな」

「ち、ちょっとパパってば!?」

その声の主——スレイプが、満面の笑みを浮かべながらリスレイを抱き上げている。

フリオ家の面々が集まっている会場の一角で、自分が抱き上げられている事実を前にして、恥ずかしさのあまり顔を真っ赤にしながら手足をバタバタさせた。

しかし、スレイプはそんな事などお構いなしとばかりに、豪快な笑い声をあげながらリスレイを抱き上げたまま、その場でクルクルと回る。

「はっはっは、リスレイよ、そんなに恥ずかしがらなくてもよいではないか」

「いや、これってば絶対に恥ずかしいヤツじゃない！　いい加減にしてよ！」

必死に手足をばたつかせるリスレイだったが、スレイプは相変わらずリスレイを抱き上げたまま豪快に笑い続けていた。

そこに、一人の男が歩み寄ってくる。

「スレイプ殿よ、それくらいにしてあげよ。リスレイ殿はまだ料理の途中ではないか」

落ち着いた男の声に、動きを止めたスレイプは、その視線を男の方へ向けた。

「どこかで聞いた声だと思ったら、マクタウロではないか」


――マクタウロ。

かつてクライロード騎士団随一の騎士として常に最前線で魔王軍と戦い続けていた猛者。魔王軍との間に休戦協定が結ばれた事を受けて新設されたクライロード学院の初代院長となり後進の育成に取り組んでいる。


クライロード騎士団の正装である騎士服に身を包んでいるマクタウロは、グラスを手に持ったままスレイプの元へ歩み寄った。

「うむ、スレイプ殿よ。貴殿とは、今まで何度も対峙《たいじ》してきたが……剣を持つ事なく、こうして出会うのは何度目であったかな」

かつて、クライロード魔法国と魔王軍が休戦協定を結ぶ前、クライロード魔法国の騎士団を率いていたマクタウロと、魔王軍四天王の一人であったスレイプの二人は何度も戦場で顔を合わせていたのである。

「はっはっは、そんな事はどうでもよいではないか。ワシとお主の間であった事を、子供達の前で話す事もあるまい」

「確かにそうであったな、これは無粋な事をしてしまった」

言葉を交わし合った二人は、しばしの後、豪快に笑い合った。

「それよりも紹介しよう、こちらがリスレイ。ワシの最愛の娘だ」

地面の上に下ろしたリスレイを、マクタウロに紹介する。

「あ、あのぉ……」

そんな二人の元に、おずおずとした様子で近寄ってくる女性がいた。

「おぉ、ビレリーではないか、ほれ、お主もこっちに来ぬか」

その女性——ビレリーの姿に気付いたスレイプが、満面の笑みを浮かべながら手招きする。


——ビレリー。

元クライロード城の騎士団所属の弓士。

今は騎士団を辞め、フリオ家に居候し馬の扱いが上手《うま》い特技を生かし、馬系魔獣達の世話をしながら、スレイプの内縁の妻・リスレイの母として日々笑顔で暮らしている。


スレイプが近寄ってきたビレリーの腰を抱き寄せる。

「こっちが、ワシの妻であるビレリーだ。ビレリーにリスレイよ、こちらワシの旧友であるマクタウロ殿だ」

「うむ、ワシはマクタウロと申す。二人ともお会い出来て光栄です」

スレイプに紹介され、マクタウロが頭を下げた。

「マクタウロさん、こんにちは。私、リスレイっていいます」

「わ、私はビレリーですぅ……よ、よろしくお願いいたしますぅ」

マクタウロに対して、元気に挨拶するリスレイに対し、おどおどした様子で挨拶をするのがやっとの様子のビレリー。

（……むむむ、昔むかぁし……クライロード軍に所属していたのって、マクタウロさんにばれていないでしょうかぁ……って、いうかぁ……）

そんな事を気にしながら、ビレリーはマクタウロに対して愛想笑いを続けていた。

そんなビレリーの胸中など、まったく気付かぬ様子のマクタウロは、

「いや、しかし、お主がこのように素敵な奥方を娶《めと》り、こんなに大きな子までいるとは……いやは

や、ワシも歳《とし》を取るわけだ」

「何を言うか、お主などワシに比べればまだまだ若人の部類ではないか」

そんな会話を交わしつつ、互いに豪快に笑い合っていたのであった。


小屋の外で、マクタウロとスレイプがそんな会話を交わしていた時。

小屋の中に、魔法陣が展開し、その中から二人の女性が姿を現した。

背の高い方の女性は、小走りに窓の方へ駆け寄っていく。

「どうにか、遅刻しないで済んだみたいですわね」

窓の端に体を隠すようにしながら、外の様子をうかがっていたその女性――姫女王は、安堵のため息を吐《つ》いた。

「それはよかったですわん」

姫女王の言葉に、小柄な女性――第三王女も安堵のため息を漏らしていた。

「せっかく、フリオ様のご家族のバーベキューにお招き頂いたのですもの、遅刻などという粗相をしてしまうわけにはいきませんからね」

そう言いながら、長い髪の毛を後方で結んでいく。

クライロード城では、長い髪の毛をゆるふわな感じでまとめており、ドレスを身につけている姫女王。

しかし、今の姫女王は髪の毛をポニーテールにまとめ、普通の町娘が好んで身につけるような薄手のワンピースを身につけ、大きな丸眼鏡を装着しているため、城での雰囲気とはまったく違っていた。

「あの、第三王女……変じゃないかしら、この格好……」

しきりに体を見回しながら、第三王女へ声をかける。

そんな姫女王の様子に、第三王女は思わず笑いを漏らした。

「今はプライベートですわん。ですから、私の事はスワンとお呼びくださいって、打ち合わせてきたばかりですわん」

その言葉どおり、城ではいつもフワフワのドレスを好んで身につけている第三王女ことスワンもまた、半袖に半ズボンにブーツというややアクティブな出《い》で立《た》ちをしていた。

「あ、そ、そうでしたわね、第さ……い、いえ、スワンさん」

指摘されたにもかかわらず再び言い間違えかけ、慌てて言い直す。

「お城でも何度もチェックしましたとおり、よくお似合いですわん、エリーお姉様」

「そ、そうでしたわね、今の私はエリー……うん、エリーです、はい」

自分に言い聞かせるように、胸に手をあてながら言葉を繰り返す姫女王ことエリー。

二人がそんな会話を交わしていると、小屋の扉が開いた。

「エリーさん、スワンさん、お待ちしてました。気配がしたのでお迎えにまいりました」

そう言って、小屋に入ってきたのはガリルだった。

この日、ガリルはクライロード魔法国の勅使としてホウタウ魔法学校に出向いた後、そのままここへ出向いていた。

「ガリル君……」

その姿を確認したエリーは表情をぱぁっと輝かせ、小走りにガリルの元へ近づく。

その後方で、スワンは眼《め》を丸くしていた。

（……私とエリーお姉様は、お城で気配隠蔽魔法を付与してもらってきていますのん……なのに、ガリル君は今『気配がしたので』って……）

スワンは混乱した思考をどうにかまとめようとしていた。

「あ！　やっぱりスワンちゃんだ！」

そんな小屋の中に、ガリルの横から室内に駆け込んできたのは、リルナーザだった。

「り、リルナーザちゃん!?」

いきなり現れたリルナーザを前にして、スワンは再び眼を丸くする。

そんなスワンに、リルナーザは満面の笑みを浮かべながら駆け寄った。

「気配がしたから来てみたら、やっぱりスワンちゃんでした！　元気でしたか？」

その勢いのまま、スワンに抱きつく。

「最近忙しいとの事で、なかなか遊びに来られなかったですけど、久しぶりに会えてとっても嬉しいのです！」

スワンをガッチリ抱きしめ、頬を寄せる。

リルナーザもまた、先程のガリル同様に隠蔽魔法が掛けられているスワンの気配を察知してここに来たと言っている。

……しかし。

（……ほああああああああああ……リ、リルナーザちゃんが……リルナーザちゃんが私に抱きついてくれていますわん……ちょおおおおおおおおおお……）

魔獣嫌いを克服するために時間を共にしているうちに、リルナーザの事が大好きになっていたスワンは、久しぶりに会えたリルナーザにいきなり抱きつかれてしまったため、思考が完全に停止していた。

頬を上気させ、リルナーザにされるがままになっているスワン。

そんな二人の様子を、エリーとガリルは笑顔で見つめていた。

「本当に、二人は仲良しですわね」

「妹と仲良くしてもらえて僕も嬉しいです」

そんな会話を交わしながら、互いに見つめ合う二人だったが、ガリルがそっと手を伸ばしエリーの手を握る。

エリーがその手をソッと握り返す。

しばし、見つめ合った二人は、その距離を少しずつ近づけていく。

二人の顔と顔の距離が近くなっていく中……

「ガリル様ぁ!? どこ行ったリン!?」

小屋の外から、サリーナの声が聞こえてきた。

この日、クライロード学院の課外授業の一環としてガリルに同行してホウタウ魔法学校へ出向いていたサリーナは、ガリルとの会話の中で今回のバーベキューの存在を知り、強引に参加させてもらっていたのであった。

ちなみに、ホウタウ魔法学校で出会ったアイリステイルもまた、同様にこのバーベキューに参加しているのは言うまでもない。

サリーナの声に続いて、

「『ガリルくん、どこにいるの？』って、アイリステイルも言っているんだゴルァ！」

アイリステイルが腹話術よろしく人形を使って出している声も聞こえてきた。

そんな二人の声に、ガリルとエリーはハッと我に返る。

「あ、あの……」

「え、えっと……」

お互い恥ずかしそうに、そそくさと距離を取った。

二人が顔を赤くしながらその場で立ちつくしていると、リルナーザが、

「あ！　あの声はサリーナちゃんとアイリステイルちゃんなのです！　スワンちゃんを紹介するので、一緒に行きましょう！」

そう言うと、スワンの右手を摑《つか》み、笑顔で駆け出した。

大好きなリルナーザに抱きつかれていたため、完全に呆《ほう》けてしまっているスワンは、フラフラしながらリルナーザに引っ張られる。

その体が大きく振り回され、エリーの背中にぶつかった。

「あっ!?」

虚をつかれたエリーは、前のめりによろめく。

「あ、危ない！」

咄嗟《とっさ》に膝を折ったガリルが、横抱きでエリーを支える。

その結果、ガリルの腕の中で二人は向かい合うような格好になっていた。

先程よりも至近距離で見つめ合う格好になるエリーとガリル。

二人の顔が、そっと重なった。


小屋の外では、サリーナとアイリステイルの前に、リルナーザとスワンの姿があった。

「サリーナちゃん、アイリステイルちゃん、こちらスワンちゃん、私の大切なお友達なのです」

リルナーザは笑みを浮かべ、サリーナとアイリステイルにスワンを紹介する。

普段であれば、しっかりとした挨拶をするスワンだったが、完全に呆けて耳まで真っ赤にしている今のスワンには、

「……よ、よろしくですわん……」

上ずった声で、そう言うのがやっとだった。

ニコニコしているリルナーザと、上気した表情のままフラフラしているスワンの姿を交互に見つめながら、

「私、サリーナ、よろしくリン」

ぺこりと頭を下げるサリーナと、

「『私はアイリステイル、よろしく』って、アイリステイルも言っているんだゴルァ！」

抱きしめているぬいぐるみの口をパクパクさせながら腹話術よろしく声を発し、頭を下げるアイリステイル。

四人が互いに挨拶を交わしていると、リルナーザ達に遅れてガリルとエリーが小屋から姿を現した。

「あ、ガリル様！」

その姿に気付いたサリーナとアイリステイルが、ガリルの元に駆け寄っていく。

ガリルは、駆け寄ってきた二人に笑顔を向けると、

「二人とも、紹介するよ、こちらエリーさん。今日のバーベキューに参加されるから、よろしく

ね」

隣のエリーを紹介した。

ガリルの紹介を受けたエリーもまた、

「エリーです。今日はよろしくお願いいたします」

その顔に穏やかな笑みを浮かべながら、サリーナとアイリステイルへ交互に頭を下げた。

そんなエリーを、サリーナとアイリステイルはじっと見つめる。

（……この女、よくガリル様の家に出入りしているリン……）

（……しかも時々、なんか怪しい雰囲気を醸し出している、ってアイリステイルも思っているんだゴルァ！）

内心でそんな事を考えながら、互いに顔を見合わせていた。

そんな二人に、ガリルは、

「さぁ、もうすぐバーベキューが始まるみたいだから、みんなで一緒に行こう」

そう言い、先頭に立って歩き出した。

「はい！　お供させて頂きますリン」

「『アイリステイルも一緒に行きます』って言っているんだゴルァ！」

その後ろをサリーナとアイリステイルが慌てて追いかけていく。

「スワンちゃん、私達も行きましょう」

リルナーザもまたスワンの手を取り、その後を追いかけていく。

呆けたままのスワンは、リルナーザに手を引かれていた。

その後ろから少し遅れてエリーが続く。

少し俯《うつむ》き、唇に指を添えたエリーは、先程のガリルの唇の感触を思い出し、思わず頬を染めていた。

そんな一同は、湖畔に集合している一団の元へと駆け寄っていく。

◇◇◇

一段高くなるように設置されている台の上に立っているリースは、腰に手をあてながら周囲を見回していた。

湖畔に設置されている台は小屋の近くにあり、そこに立つとバーベキュー会場として設営されている一帯を一望する事が出来た。

「……うん、どうやら準備出来たようですわね」

満足そうに頷いたリースは、

「旦那様！　こちらにいらしてくださいませ！」

満面の笑みで会場内のフリオへ声をかける。

右手をブンブンと振り、具現化している尻尾も同時に左右に振った。

「今行くよ、リース」

それに気付いたフリオは、手に持ったグラスをエリナーザに手渡すと、

「じゃあ、ちょっと行ってくるね」

小走りで台に向かう。

「さぁ、旦那様、こちらですわ」

人混みをかき分けながら、台に到着したフリオに、リースが手を差し出した。

フリオがその手を摑むと、リースは軽々と台の上へ引き上げる。

一見すると、細身の女性にしか見えないリースだが、本来の姿は牙狼族であり、人型に変化していても、そのパワーは相当なものである。

フリオを台の中央に立たせると、リースはその斜め後ろへと下がった。

「皆様！　本日はフリオ家のバーベキューに参加してくださりありがとうございます。今回のバーベキューは、一緒に暮らしている家族だけでなく、その友人や知人にも感謝の気持ちを伝えさせて頂くために、旦那様と、その妻であるこの私、リースが皆様をおもてなしさせて頂きます」

そう言うと、リースはフリオの背中にそっと手をあてる。

「さ、旦那様も、一言お願いいたしますわ」

「あ、うん、わかった」

リースに促されて一歩歩み出たフリオは、会場を見回し、その顔にいつもの飄々とした笑みを浮かべた。

「皆様、今日はお忙しい中、こうして集まってくださりありがとうございます。こうしてこのような会を開催出来るのも、いつも皆様が……」

フリオがそこまで言葉を発したところで、

「肉！　肉美味《おい》しいの！　美味しいの！」

会場の後方から、ワインの歓喜の声が響いた。

そこでは、焼き上がったばかりの肉の串を口いっぱいに頬張っているワインの姿があった。

その横では、リヴァーナもワイン同様に肉の塊を口いっぱい頬張っている。

その声に釣られるようにして、フォルミナとゴーロも肉の串を手に取った。


――フォルミナ。

ゴザルとウリミナスの娘で、魔王族と地獄猫族《ヘルキャット》のハーフ。

ゴザルのもう一人の妻であるバリロッサにもよくなついている。

ホウタウ魔法学校にゴーロとリヴァーナと一緒に通いはじめた。


――ゴーロ。

ゴザルとバリロッサの息子で、魔王族と人族のハーフ。

ゴザルのもう一人の妻であるウリミナスにもよくなついている。

口数が少なく、姉にあたるフォルミナの事が大好きな男の子。

ホウタウ魔法学校にフォルミナとリヴァーナと一緒に通いはじめた。


「美味しい！　これ、すっごく美味しい！」

肉の塊を口に運び、フォルミナも歓喜の声をあげる。

「……うん、とっても美味しい」

ゴーロもまた、声こそ小さいものの目を輝かせながら夢中で肉を頰張っている。

「ワインお嬢様！　旦那様が挨拶なさっている最中だというのに」

台の近くに控えていたタニアが慌ててワインに向かって駆け出す。

「こ、こらフォルミナとゴーロ、フリオ殿の挨拶がまだ終わっていないというのに！」

さらに別の場所に控えていたバリロッサもまた、フォルミナとゴーロの元へ向かう。

そんな一同の様子に、会場のあちこちから楽しげな笑い声があがった。

その様子に、リースもまた肩を怒らせていた。

「まったくもう！　旦那様の挨拶の途中ですのに」

頬を膨らませながら、台の上から飛び降りようとするリース。

そんなリースを、

「大丈夫だよ、リース」

台の上のフリオが笑顔で制した。

そして、その視線を改めて会場へ向けると、

「さぁ、堅苦しい挨拶はここまでにして、皆さん、心ゆくまで飲んで食べて、語り合ってください」

そう言って、両手を空に向かって伸ばした。

その言葉を合図に、会場中から大歓声があがった。

皆、机の上に所狭しと並べられている食べ物や飲み物に手を伸ばし、口に運んでいく。

「うん！　美味《うま》い！」

「本当に、これは美味しいわ！」

「これも最高だよ」

会場のあちこちから歓声があがっていく。

その光景を、フリオは台の上から見回していた。

その顔には、いつもの飄々とした笑みが浮かんでいる。

そんなフリオの元に、リースが歩み寄った。

「……もう、旦那様ったら……せっかくの旦那様の勇姿でしたのに……最後までしっかりとお聞きしたかったですわ」

不満そうに頬を膨らませながら、フリオの背中を人差し指でつつく。

そんなリースへ向き直ったフリオは、

「その気持ちは嬉しいけどさ、なんていうか、どこの世界でも長い挨拶っていうのは嫌われるって思うんだ。その証拠に、ほら」

会場を指さした。

その先は、バーベキューを満喫している人々で溢《あふ》れかえっていた。

「確かにみんな楽しそうですけど……そういうものなのでしょうか？」

それでもリースは不満そうに頬を膨らませていた。

しかし、その時、
グゥ～

会場中に漂っている料理の匂いに触発されたのか、リースのお腹《なか》が大きな音をたててしまった。

「やだ、私ったら……旦那様の前でこんな……」

リースがお腹を押さえながら、恥ずかしそうに顔を真っ赤にする。

そんなリースを、フリオが優しく抱き寄せた。

「僕もお腹がペコペコだしさ、一緒に料理を食べに行こう」

「だ、旦那様がそうおっしゃるのでしたら，仕方ありませんわね」

頬を赤くそめながらそう言うと、フリオとリースは一緒に台を降りる。

そこに、エリナーザが歩み寄ってきた。

「はい、パパ、ママ。準備しておいたわ」

手に持っていた肉の串を二人に差し出す。

「ありがとうエリナーザ。ママ、お腹ペコペコだったのよ」

それを受け取ったリースは、大きな肉の塊をあっという間に口の中におさめた。

その小さな口からは想像が出来ないほどの量の肉を一気に頬張ったリースは、数回咀嚼《そしゃく》しただけでそれを飲み込み、二個目の肉の塊を口に運んでいく。

その光景を苦笑しながら見つめているエリナーザ。

「……いつも思うんだけど……ママのあの細い体のどこに、あの量の肉が入っていくのかしら……」

「そうだね、パパも時々同じ事を考える事があるよ」

フリオもまた、エリナーザの言葉に頷いた。

ちなみに、エリナーザが持ってきた肉の串は二種類あり、フリオ用の肉の串は、一つの肉の塊が拳ほどの大きさだが、リース用の肉の串は、一つの肉の塊が人種族の頭部ほどの大きさになっていた。

　そんな大きさの肉の塊をあっという間に食べ尽くしたにもかかわらず、そのお腹は肉を食べる前とまったく変化していない。

「さぁ、旦那様！　次はあれを食べにまいりましょう！　あの味付けにはちょっと自信がありますの」

　満面の笑みを浮かべながら、リースはフリオの手を引いていく。

　その後ろに、エリナーザも続いた。

　三人が会場内を移動していると、

「おぉ、フリオ殿！」

　ウーラが、フリオに向かって大きな声をあげた。

「あぁ、ウーラさん、こんにちは」

「フリオ殿にリース殿、今日はこのような宴会の場に、我ら鬼族の村の者達全員を招いてくださり感謝いたす」

　ウーラはその大きな体を折り曲げるようにしてフリオ達に頭を下げる。

　その足元に駆け寄ってきたコウラも、

「……フリオ様、ありがと」

　ウーラの足に隠れるようにしながら、ペコリと頭をさげた。

そんな二人に、フリオはいつもの飄々とした笑顔を向ける。

「皆さんは、いつもブロッサムの農場やフリーズ雑貨店の手伝いをしてくださっていますし、家族同然じゃないですか。参加して頂くのは当然ですよ」

「そう言ってもらえると、皆も喜ぶ。今の言葉、我が後で皆に伝えさせてもらう」

ウーラはその顔に豪快な笑みを浮かべると、楽しそうにフリオの肩をバンバンと叩《たた》く。

その後方では、ウーラとともに移住してきた面々が集まっており、皆楽しそうに飲み食いしていた。

その中には、ブロッサムの姿もあり、

「あっはっは。今日はしっかり飲んで食って大騒ぎして、疲れを吹っ飛ばすぜ！」

自らも酒のジョッキを飲み干しながら、周囲の皆に笑顔で声をかけていた。

そんなブロッサムの様子に気がついたのか、コウラがテテと人混みの間を駆け、その足に抱きつく。

「お母、飲み過ぎはダメ……」

「あぁ、コウラ、わかってるって！　今日はいつも頑張ってくれているみんなに楽しくなってもらうだけだからさ、心配しなくても大丈夫だって」

「……あの駄女神様みたいにならない？」

コウラの言葉に、急に真面目な顔になるブロッサム。

「あぁ、ならない……絶対にならない。あぁなったら人種族お終《しま》いだからな、うん」

真面目な表情のまま、何度も頷く。

コウラの発言が聞こえたのか、ブロッサムの背後にいた鬼族の者達も、

「んだんだ、あぁなったらお終いだ」

「酒は飲んでも飲まれるな、だな」

腕組みをしながら、ウンウンと頷いていた。

フリオは、その光景を苦笑しながら見つめていた。

（……ブロッサムどころか、鬼族の人達にあそこまで言われてしまうテルビレスさんってどこまで酒癖が悪いんだろう……）

フリオがそんな事を考えていると、

「至高なる御方《おんかた》」

その背後に、ヒヤが姿を現した。

精神世界から出てきたのか、その場に瞬時に出現していた。

「やぁ、ヒヤ。君も楽しんでいってね」

「えぇ、バーベキューには参加させて頂く所存なのですが……一つお聞きしてもよろしいでしょうか？」

「うん、なんだい？」

フリオの言葉を受けて、周囲を見回す。

「今回のこのバーベキューですが、祭りでもないのに、このように大勢の者達を一箇所に集めてこのような会を開催するのには、どのような意味があるのでしょう？　いつものご自宅での食事と何が違うのか理解に苦しむのですが……」

首を傾《かし》げるヒヤの眼前にリースが立ちはだかった。

「その質問には、このリースがお答えしますわ」

リースは腰に手をあて、胸を張る。

「いい、ヒヤ。群れというのは、規模が大きくなると末端まで目が行き届かなくなるものなのです。そういった群れは、得てして不平不満がたまっていくもの。その不平不満を手っ取り早く解消するための最善の手段が、このバーベキューなのですよ」

「つまり、皆の息抜き、発散の場として、このような会を行っているというわけですか」

「えぇ、そのとおり。こうして一堂に会して、美味しいものを飲んで、食べて、肩を組んで語り合えば、また明日から頑張れるというものなのです。牙狼族時代にもこうやって定期的に皆で食事会を催したものですわ」

「なるほど、奥方様がおっしゃられますように、人種族であれ、魔族であれ、鬱屈とした環境で悶々《もんもん》とした日々を続けていると、得てして不平不満をため込んでしまう生き物。このヒヤもまた、そんな歪《ゆが》んだ心につけ込んで、三つの願いというお遊びをしていた時代もございましたゆえ……」

リースの言葉に感嘆した声をあげたヒヤは、恭しく一礼する。

フリオは、そんな二人のやり取りを、苦笑しながら見つめていた。

（……みんなの事を群れって認識してるのはあれだと思うけど、みんなに楽しんでもらうためにこういった会を開催するのは、息抜きのためにもいい事だと思うし……まぁ、いいか……）

そんな事を考えながら、フリオはリースとヒヤのやり取りを見つめていた。


フリオ達から少し離れた場所にいたベラノは、その顔をまっ青にしていた。

（……リース様……牙狼族時代にも食事会を開催してたって言われていたけど……はじめて会った時、まだリース様がフリオ様とも敵対していた時に、私やバリロッサ達を仲間の餌にするつもりだったって言ってた、あれって……）

その脳裏に、今にも丸焼きにされそうな自分の姿を思い浮かべ、さらに体を震わせた。

（……よかった……あの時、フリオ様に出会っていて……本当によかった……）

大きく息を吐き出す。

安堵の気持ちを改めて噛《か》みしめながら、手に持っているお酒のジョッキを一気に飲み干した。

◇◇◇

フリオとリースの挨拶があってからすでに数刻。

湖畔のバーベキューは、今も大盛況の中続いていた。

皆、笑みを浮かべており、楽しそうに会話を交わし、美味しそうに食べ物を口に運んでいる。

会場の様子を見回しているリースは、その顔に満足そうな笑みを浮かべていた。

「うんうん、料理も飲み物も十分行き渡っているようですし、皆、楽しそうに過ごしていますわね」

つい先程まで、タニアを引き連れて会場内を忙しく走り回っていたリース。

その甲斐《かい》もあってか、会場内には飲み物と食べ物が十分に行き渡っているように見える。

「……とはいえ、子供達用のスイーツ類が少し少ない気がしますわね。早めに作っていつでも追加出来るようにしておきましょうか」

オープンキッチンへ向かうリースの元に、フリオが歩み寄った。

「リース、スイーツなら僕の魔法袋の中に在庫があるから、追加を作る必要はないよ」

「で、ですが……」

「それよりさ、君も楽しんだらどうだい？　バーベキューがはじまってからみんなのお世話をしっぱなしじゃないか」

リースの肩を抱き寄せると、一緒に近くのベンチへ腰を下ろした。

「そ、そうですわね……だ、旦那様がそうおっしゃられるのでしたら……」

リースはフリオの言葉に頷きながらも、会場の様子が気になるのか、チラチラと周囲を見回している。

そんなリースの様子に、苦笑しながらも、

手に持っていた肉焼きの皿を手渡した。

「はい、リース」

「あ、ありがとうございます旦那様」

リースはそれを笑顔で受け取った。

条件反射のように、肉を口に運ぶと、

「ん～！　美味しいですわ！」

満面の笑みを浮かべた。

「これは、先日ドゴログマで狩ったメガマックスマウントボアのお肉ですわね！　この濃厚な風味、私、大好きです！」

「あのメガマックスマウントボアによく似た魔獣が、僕が元いた世界にもいたんだよ。デラマウントボアって名前でね。大きさはこの魔獣の方が圧倒的に大きかったけど」

「そんな魔獣を、旦那様ってば重力魔法の一撃で倒してしまわれたんですよね！　このお肉を口に運ぶ度に、あの時の勇姿を思い出してしまいますわぁ」

頬を上気させながら、パクパクと肉を口へと運ぶ。

嬉しそうなリースの様子を、フリオは笑顔で見つめていた。

その視線に気付く事なく、嬉しそうに肉を頬張り続けているリース。

その頬に肉のタレがついている事に気がついたフリオは、それを自らの右手の人差し指でそっとぬぐい、その指をぺろっと舐《な》めた。

「だ、旦那様がそんな事をなさってはいけませんわ！」

そう言うが早いか、リースはフリオの指にパクッと食いついた。

口に含んだ指を綺麗《きれい》にしようと舌を動かす。

「も、もご……うきゅ……こ、これは……」

苦戦しながらも、フリオの指をくわえたリースだったが、

「リ、リース……もう大丈夫だから、さ」

苦笑しながら、フリオはリースの口から指を引き抜いた。

「あ、あん……」

名残惜しそうな表情を浮かべながら、いまだにフリオの指を凝視する。

「ほ、本当にもう大丈夫だからね」

その視線に、苦笑するフリオ。

「旦那様がそうおっしゃられるのでしたら……」

渋々納得した様子のリースは、フリオの肩に自らの頭をそっと預けた。

「……私、幸せですわ……こんなに幸せな時間を過ごす事が出来るなんて……魔王軍に所属していた頃には考えられませんでした……」

その口元に微笑を浮かべながら、会場へ視線を向けるリース。

「それは僕もだよ……こんなに素敵な時間を、大好きなみんなと一緒にすごせるなんてさ……この世界に召喚されて、行き場を失っていた頃には考えられなかったよ……」

リースの頭を撫でながらフリオが微笑む。

その言葉に、リースは不満そうに頬を膨らませた。

「旦那様、そこは『愛する妻と一緒に』と言って頂きたいですわ」

「そ、そうだね、もちろんそう思っているよ」

リースの言葉に、慌てた様子で言葉を続ける。

そんなフリオの顔を見つめていたリースは、その顔に再び笑みを浮かべた。

「それよりも旦那様……ガリルも成人して、今はクライロード城で暮らしているではありませんか？」

その視線の先には、今日のバーベキューのために帰宅しているガリルの姿があった。

湖岸で、肉を手にしたガリル。

その横には、午前中、クライロード城からの任務で共にホウタウ魔法学校へ出向いていたサリーナと、ホウタウ魔法学校での業務を終わらせバーベキューに参加しているアイリステイルの姿があり、さらにその横には、姫女王の姿がある。

姫女王は、気配隠蔽魔法を使用している上に、髪型をポニーテールに変え大きめの丸眼鏡をかけて雰囲気を変えていた。

そのため、その女性が姫女王だとサリーナとアイリステイルは気付いていなかった。

しかし、それ以外のフリオやリース、ゴザルといったフリオ家の面々はその正体を完全に把握しており、その上で一女性参加者として歓迎していた。


「そうだね。向こうでもしっかり頑張っているみたいで、僕も誇らしく思うよ」

フリオはリースとともにガリルを見つめながら、笑顔で頷いた。

そんなフリオを、リースは上目使いに見上げる。

「……それでですね、旦那様。我が家では、子供が一人いないわけではありませんか?……で、ですね……その……」

モジモジしながら、フリオを上目使いで見つめ続けるリースの頬は上気し、耳まで赤くなっていた。

「そろそろもう一人、子供を……と、申しますか……リルナーザも、弟か妹が欲しいって言っていますし……ね？」

甘えた口調でそう言うと、フリオの手に自らの手を重ねる。

その意図を察したフリオもまた、その頬を赤くした。

「え、えっと……そうだね……うん……その、が、頑張ります……」

声を上ずらせながら、どうにか返事をした。

リースはいつも冷静なフリオが慌てている様子を前にして、

「はい！　早速今夜にでも可愛《かわい》がってくださいませ……いつも以上に、ね？」

満面の笑みを浮かべ、フリオの腕に抱きついた。

その笑顔の中には、どこか妖艶な色が含まれている。

そんなリースを見つめながら、

（……ま、まいったなぁ……）

フリオは、困惑した表情を浮かべていた。


フリオとリースがベンチでいちゃついている中。

少し離れた場所から、そんな二人の様子を、バリロッサが見つめていた。

（……フリオ殿とリース殿……いいなぁ……いつもラブラブで……い、いや、私とゴザル殿もラブラブでないというわけではないのだが……その……毎晩一緒に寝ているわけだし……その……ちょ、寵愛《ちょうあい》も……ただ、私が素直に甘えられないというか……リース殿のように人前でいちゃいちゃ出来ないというか……）

仲睦《むつ》まじい二人へ視線を向けながら、うつむき頬を赤く染める。

そんなバリロッサの元に、

「なんだ、バリロッサ殿」

突然ゴザルが姿を現した。

「うひゃあ!?」

突然の出来事に、バリロッサは思わず声をあげた。

「なんだ？　何もそんなにびっくりしなくてもよいではないか」

楽しげに笑いながら、持ってきた酒のジョッキをバリロッサに手渡した。

それを受け取ったバリロッサは、

「あ、ありがとう……」

俯いたまま、お礼を口にする。

そのジョッキを見つめていたバリロッサは、チラッとゴザルへ視線を向けていく。

（……ここで、ゴザル殿に甘えたりしたら、ゴザル殿はどう思うだろうか……その、ちょっと体を寄せてみたりとか……）

顔を真っ赤にしながら、そんな事を考えていた。

しばしジョッキを凝視していたバリロッサは、

（……よ、よし……うだうだ考えていても仕方ない、ここは一つ実践で……）

ゴクリと唾を飲み込むと、ゴザルに向かって体を預けようとする……しかし、心の中では歩を進めているものの、その足は根が張ったかのように、その場から一歩も動こうとしない。

（……こ、この足……我が足ながらなんて頑固な……）

歯を食いしばり、どうにかして足を動かそうとするバリロッサは必死過ぎるあまり、その体がプルプル震えているのだが、それにすら気がついていない。

そんなバリロッサの様子を、ゴザルはジッと見つめていた。

（……ふむ、バリロッサ殿が何かしようとしているようだが、何か葛藤があるみたいだな。ここは優しく見守るのがよかろう）

その顔に優しい笑みを浮かべながら、バリロッサを見守る。

その視線の先で、バリロッサは体を動かそうと必死になっていた。

◇ホウタウの街・フリオ宅◇

フリオ宅の一階。

リビングの端にあるサベア一家の小屋の中。

その中には、狂乱熊姿《サイコベア》のサベアと、厄災の熊であるタベアが小屋の中央付近を独占するように、お腹を上にして眠っている。

そのお腹の上に、リルナーザとスワンの姿があった。

寝間着に着替えている二人は、互いに寄り添いながら寝息を立てていた。

その周囲には、サベアの妻である一角兎《ホーンラビット》のシベアと、二人の子供達であるスベア・セベア・ソベアが、思い思いの格好で眠りについている。

そんな一同の様子を、フリオは小屋の入り口から見つめていた。

「年少の子供達は、さすがにお眠の時間だね」

気持ちよさそうな寝息をたてているリルナーザとスワンを笑顔で見つめている。

そこに、二階からリースが下りてきた。

「旦那様、フォルミナとゴーロも寝かしつけてまいりましたわ」

続いて、タニアが姿を見せる。

「他に、会場で眠ってしまった方々も、客間にお通ししておきました。あと、会場で気絶してしまったバリロッサ様は、会場にある小屋の中でゴザル様が介抱されていますので、心配いらないかと」

「バリロッサってば、一体何をしていたのかしらね……体に力が入りすぎて気絶してしまうなんて……」

リースが呆《あき》れた口調で肩をすくめる。

「まぁ、バリロッサにも何か事情があったんだと思うし、後はゴザルさんにお任せしようよ」

フリオの言葉に、リースとタニアは大きく頷いた。

「コウラちゃんは、ウーラさんに肩車されたまま眠っていたし、ラビッツちゃんは、いつものようにカルシームさんの頭に抱きついたまま眠っていたし、鬼族の子供達は、鬼族のみんなが世話をしてくれているから任せていても大丈夫かな」

「それにしても、マウンティの子供達はみんな元気ですわよね、みんな元気に食事をしていましたから」

「奥方様の言われますとおり、あの子供達が、子供用に準備していたデザート類をあらかた食べ尽くしておりましたし、そろそろ会場に戻って在庫を確認した方がよいかもしれません。私は先に会場に戻ります」

スカートの裾をつまんで恭しく一礼すると、タニアはその場から瞬時に姿を消した。

「さて、僕達も会場に戻るとしようか。大人達はまだまだ元気だしね」

フリオはその顔にいつもの飄々とした笑みを浮かべ、玄関へ向かう。

リースはその腕をソッと摑んだ。

「あの、旦那様……今回のバーベキューですけど、本当に開催してもよろしかったのでしょうか？　優しい旦那様ですので、我慢なさっているのではないかと、心配していたのですが……」

その顔には不安そうな表情が浮かんでいた。

そんなリースをフリオは優しく抱き寄せる。

「そんな事はないよ。むしろ、こんな会を思いついてくれて感謝しているんだ。確かに、家族や仲間が多くなったんだから、こういった事にも気を配らないといけないんだな、って気付かせてくれてありがとう」

「旦那様……そう言って頂けると、私も嬉しいです……」

フリオの胸に顔をうずめたリースは嬉しそうな笑みを浮かべた。

「……では、旦那様、次回もよろしくお願いいたしますね」

「え？　も、もう次を開催するのかい？」

「いえ、次回と申しましても、参加人数と種族の都合で今回招待出来なかった方々を招待しようと思っておりまして、すでに招待状を発送しておりましたの。もっとも、次回は今回のように群れの面々ではなく、フリーズ雑貨店の関係で関わりのある方々を招待しておりますの」

そう言ってにっこり微笑む。

「確かに……商売関係の方を招いたパーティーって、僕の世界でもよく行われていたっけ」

「はい。旦那様からその事をお聞きしておりましたので、この際間髪を入れずに開催してしまおうと思いまして」

ニコニコ微笑み続けているリースに対し、

「そ、そうだね……で、でも、それが済んだら次はちょっと時間を空けようか」

フリオはそう言うのが精一杯だった。

◇同時刻・湖湖畔のバーベキュー会場◇

「おいタニア！　どこに行っていた！」

会場に戻ってきたタニアの姿を見つけたゾフィナが駆け寄ってくる。

その手にはフライパンが握られていた。

「『ちょっと不在にしますので、料理の補充をよろしくお願いします』と言って、いきなり調理を任せるなど、言語道断であろう？」

ゾフィナは怒りの表情を隠す事なくタニアに向かって怒りの声をあげた。

「まぁまぁ、そんなに怒らなくてもよいではありませんか」

そんなゾフィナを子供をあやすかのような口調でいなすと、タニアは会場内に向かっていく。

「お、おい、どこに行く？　戻ったのなら料理はお前が……」

「私は会場全体の様子を見回ってまいりますので、もうしばらく料理の対応をよろしくお願いいたします」

そう言うが早いか、タニアはその場から瞬時に姿を消した。

「ち、ちょっと待て！　あのゴブリンの子供達の食欲が半端ないのだ。いくらパンケーキを焼いても瞬時に食べ尽くしてしまってだな……」

先程までタニアが立っていた場所に向かって声をかけていたゾフィナだが、一度大きくため息を漏らすと、

「……任されたのなら仕方ない……パンケーキを焼くか」

調理場へと戻っていった。

（……まぁ、パンケーキを食べるゴブリン達の笑顔を見るのも、悪い気はしないしな……）

◇同時刻・ホウタウの街ホクホクトンの小屋◇

湖畔でバーベキューが開催されている同時刻。

ブロッサム農園の中にあるホクホクトンの小屋の中に二人の人影があった。

「ねぇ～～～～～～～～～～～～～～～～～～～～～～～～～～」

部屋の中央、床の上で横になっているテルビレスは、絶叫しながら子供のように手足をジタバタさせ続けていた。

「なんでバーベキューに行っちゃあダメなのぉ!?　私も行きたいぃ～～～～～～美味しいお酒飲みたいぃ～～～～～～～～ねぇ～～～～～～～～」

ジタバタしながら、駄々っ子のような声をあげていた。

その瞳からは涙が溢れている。

（……この駄女神……マジ泣きしてるでござる……）

ホクホクトンはというと、その光景にドン引きしていた。

「フリオ殿からも言われているでござろう？　お主、神界から依頼された仕事で手抜きをした罰で、今回のこのバーベキューには参加禁止でござる、と」

「ねぇ〜〜〜〜〜そこをなんとか〜〜〜〜〜〜次はちゃんとするから〜〜〜〜〜〜〜」

ホクホクトンの言葉に、テルビレスはさらにジタバタしはじめる。

「お主、そう言ってちゃんとしたためしがないではござらぬか」

「ねぇ〜〜〜〜〜〜そこは信用してよぉ〜〜〜〜〜〜長い付き合いじゃないの〜〜〜〜〜〜」

「長い付き合いだからこそ、わかるでござるよ。それより何より、好きで長い付き合いをしているのではござらぬ。お主が勝手に拙者の家に住み着いたのではござらぬか。これ以上駄々をこねるのなら、出ていってくれてもかまわぬのでござるよ」

腕組みし、呆れた口調で言葉を発するホクホクトン。

すると、それまで散々駄々をこねていたテルビレスはピタッと動作を止め、その場で体育座りをした。

「……大人しくするから、ここにいる」

「はぁ……何が楽しくて、こんなあばら屋にいたがるのか、理解出来ないでござる」

ホクホクトンは大きくため息を吐き、頭をかいた。

（……だって、フリオさんの家じゃあ監視がきつすぎて隠れてお酒が飲めないし……って、それを言ったら怒られるし……）

ブツブツ言いながらもようやく大人しくなったテルビレスの様子を見たホクホクトンが声をかけ

る。

「……本当に、反省したでござるか？」

「……うん」

「……次回からお仕事さぼらないでござるか？」

「……出来る範囲で頑張る」

（……ここで、はっきり言わないのが、テルビレス《こいつ》でござるなぁ）

ホクホクトンは再度大きなため息を吐いたが、ベッドの奥から一升瓶を取り出すと、テルビレスの前にドン！　と、置いた。

「これは特別でござるよ。フリオ殿が『テルビレスが反省したら、ホクホクトンの判断で飲ませてあげていいから』と言ってくださ……」

そこまで言葉を発したところで、立ち上がったテルビレスがすさまじい勢いでホクホクトンを抱きしめた。

「や～ん！　ホクホクトンってば、だから大好きぃ！」

満面の笑みのテルビレスに抱きしめられたホクホクトンだったが、その顔はテルビレスの豊満な胸の間に挟まれてしまっていた。

ジタバタと胸の拘束から逃れようとするホクホクトンだが、どんなに動いてもビクともしない。

「ホント、ホクホクトン大好き！　今夜は一緒に飲み明かしましょうねぇ」

（……やばい、呼吸が出来ないでござる……このままではマジでやばいでござる……もがが……）

必死にもがくホクホクトンと、その体をぎゅっと抱きしめるテルビレス。

拷問のような抱擁は、ホクホクトンが失神する寸前まで続いた。

◇翌日・魔王城・玉座の間◇

玉座の間に、現在の魔王軍四天王に任命されているザンジバル・ベリアンナ・コケシュッティの三人がまず入室し、続いて四天王待遇で魔王軍に迎えられているデミが入室してくる。

——ザンジバル。

悪魔人族の貴族であり現魔王軍四天王の一人。

かつて魔王ユイガードの横暴さに対し反乱を起こし、鎮圧されたが、その心意気と行動力、貴族として培ってきた知識を買われて四天王に抜擢《ばってき》された。

——ベリアンナ。

悪魔人族で、現魔王軍四天王の一人。

大鎌の使い手で、日々魔王領内を飛び回っている。

アイリステイルの姉。

――コケシュッティ。

幼女型狂科学者《ロリータタイプマッドサイエンティスト》にして現魔王軍四天王の一人。

多くの魔族を自らの治癒魔法で救った事を現魔王ドクソンに評価され四天王に抜擢されたが、本人はのんきで内気な女の子のため風格はまったくない。

――デミ。

ウルゴファミリーの当主である悪魔人族。

一時落ちぶれていたが、とある事件をきっかけに魔王軍に四天王待遇で迎えられた。

やる気と能力はあるのだが、天然ボケが激しいためよく慌てふためいている。

「魔王ドクソン様、全員揃《そろ》いました」

四人が入室したのを確認すると、玉座の横に控えているフフンが、伊達《だて》眼鏡を右手の人差し指でクイッと押し上げた。

――フフン。

ドクソンに即位前から付き従っている側近のサキュバス。

一見知性派だが、かなりのうっかりさんであり、真性のドM。

玉座の前の階段に腰を下ろしている魔王ドクソンはフフンの言葉を聞くと、

「あぁ、わかった。皆、忙しい中呼び立ててしまってすまないな」

ザンジバル達へ視線を向ける。

――ドクソン。

元魔王ゴウルの弟であり、現魔王。

かつてはユイガードと名乗り唯我独尊な態度をとっていたが、改名し名君の道を歩みはじめている。

「いえいえ、何をおっしゃいますか。魔王ドクソン様の召集命令とあらば、何を差し置いてでも駆けつけるのが配下の者の当然の務めと……」

「あぁ、いや、そこまでしなくてもいい。俺からの招集があっても、急ぎの仕事があればフフンに伝えてくれればいい。改めて日程調整するからよ」

そう言うと、魔王ドクソンはその視線を側近のフフンへ向けた。

ザンジバルがそんな魔王ドクソンの様子を見つめる。

（……かつての魔王ドクソン様であれば『おせぇんだよ！　何チンタラしてやがった！』などと怒鳴りながら側近であるフフン様に八つ当たりをなさっていたはず……それがこのような言葉を普通に口になさるとは……）

内心でそんな事を考えながら、その場で控えていた。

「あぁ、今日お前ぇ達を呼んだのは他でもねぇ。フフン」

「はい」

魔王ドクソンの言葉を受け、フフンが一歩前に歩み出る。

手に持っている書類へ視線を落とし、伊達眼鏡を右手の人差し指でクイッと押し上げる。

「この度、人種族国家であるクライロード魔法国内、ホウタウの街のフリース雑貨店からバーベキューパーティーへの招待状が届きまして、皆様に参加の可否をご検討頂こうと思いまして」

「「「はい？」」」

フフンの言葉に、魔王ドクソンの前で横一列に並んでいる一同は、すっとんきょうな声をあげて眼を丸くしていた。

そんな中、ただ一人ザンジバルだけは、しばらく思考をめぐらせた後、

「……なるほど、そういう事でございますか」

納得したように、大きく頷いていた。

「えぇ？　ザ、ザンジバル様はびっくりしないのですかぁ？　休戦中とはいえぇ、相手は敵国であ

るクライロード魔法国なのですよぉ？　しかも、その中の一商店からのお誘いなんてぇ」

大きな注射器を抱きかかえているコケシュッティは、ワタワタした口調でザンジバルに声をかける。

「コケシュッティ様の言うとおりですよ。そこまでなれ合うのは、ちょっと違うんじゃないかって思うんですけど……」

コケシュッティの言葉にデミも同意する。

そんな二人に対し、ザンジバルは交互に視線を向けた。

「二人とも、その思想はある意味正解であると言えなくもないのですが、この場では不正解と言わざるを得ませんよ」

「「えぇ!?」」

コケシュッティとデミは同時に驚きの声をあげる。

「いいですか？　フリース雑貨店といえば、魔王城の前にも支店を出している、クライロード魔法国随一の商店です。しかも、魔王城で使用している武具から日用品まで、その多くをお手軽価格で魔王城に納品もしてくれている、今では魔王軍と切っても切れない関係なのです。しかも、店主の奥方は、元魔王軍牙狼族の実質ナンバー2であったフェンリース殿、今はリースと名を変えられているようですが。そのようなお方に加えて、この店には元魔王であり、魔王ドクソン様の兄君であられますゴウル殿や、元側近であられたウリミナス殿なども在籍なさっているのです。そのような店からの招待を断るなどありえない選択と言えるのではありませんか?」

ザンジバルは両手を広げ、懇切丁寧に説明していく。

その言葉に、

「「な、なるほどぉ」」

コケシュッティとデミの二人は、納得したように頷いた。

そんな三人のやり取りを前にして小さく息を吐き出したフフンは、再び伊達眼鏡を右手の人差し指でクイッと押し上げる。

「概《おおむ》ねザンジバル殿の言うとおりです。魔王ドクソン様も同じ考えをお持ちであり、今回の招待を受ける方向でお考えですので、皆様もご検討願えましたら幸いです」

「「「「はい」」」」

フフンの言葉に、四人は一様に頭を下げた。

そんな中、ザンジバルは横目で隣に立っているベリアンナを見つめていた。

(……コケシュッティとデミの二人は今回の一件の裏にある状況に気付いていなかったみたいですが、ベリアンナだけはしっかりと理解していたようですね……その証拠に、彼女だけは今回の招待に異を唱えていませんでした。さすがは我が同族であり、貴族の当主であると言うべきでしょう)

そんな事を考えているザンジバルの隣で、ベリアンナは口を真一文字に結んだまま、眼を閉じている。

（……フリース雑貨店主催って……あの店といえば、正義の狼《おおかみ》ウルフジャスティスの関連商品を扱っているクッソ神商店じゃねぇか。常日頃から個人的にクッソお世話になりまくっているお店からの招待を断るわけねぇじゃねぇか。しかも、参加すればウルフジャスティス限定グッズをお土産にもらえる可能性もクッソ無《な》きにしも非《あら》ずじゃねぇか……か〜、クッソたぎってきたぁ……）

内心でそんな事を考え、右手で小さくガッツポーズを作っていた。

ウルフジャスティス。

クライロード魔法国軍と魔王軍の間に休戦協定が結ばれる前、魔王軍の前に立ち塞がり圧倒的な力量で魔王軍の侵攻を無効化し、両軍の間に休戦協定が結ばれるきっかけを作った狼を模したマスクを被《かぶ》っている謎の男。

その正体はフリオなのだが、それを知る者はごく一部しかいない。

そんなウルフジャスティスだが、その圧倒的な力量ゆえに、『力こそ正義』の信仰が強い魔族の間で神格化して崇《あが》めている者も多く、ベリアンナもその一人であった。

「んじゃあ、詳しい日程とかはフフンから聞いてくれ、一度持ち帰って参加を検討し、改めてフフンに結果を伝えてくれるか？」

「「「はっ」」」

魔王ドクソンの言葉に、ザンジバル達は改めて頭を下げる。

そんなやり取りをフフンは横で見つめていた。

（……以前の魔王ドクソン様であれば『おせぇんだよ！　何チンタラしてやがる！　この場でとっとと決めやがれ！』などと怒鳴りながら私をぶん殴ってくださっていたはず……いえ、そうしなくなったのが悪いというわけではないのですが……ぶん殴られなくなってしまって寂しいと言いますか、物足りないと言いますか……）

小さくため息を漏らし、伊達眼鏡を右手の人差し指でクイッと押し上げる。

フフン……生粋のドM体質であり、魔王ドクソンにぶん殴られる事に快感を覚えるという……。

そんなフフンの思惑に気付いていない魔王ドクソンは、

「さて……あの魔族達の事だが……」

次の事案に思いを巡らせていたのであった。

◇ホウタウの街・フリース雑貨店前◇

この日、フリース雑貨店の前に二人の女が立っていた。

多くの人々が往来している中、二人はジッと立ち尽くしたまま店を見上げている。

そのうちの一人の女が、突然その場で踊り始めた。

「ねぇねぇねぇ、ジャンデレナってばぁ、ほんとにほんとにほんとにぃ、こんなお店で働くの？　働くの？　働くのぉ？」

フリース雑貨店を指さしながら踊りつつも、その顔だけは隣の女へ向いている。

ジャンデレナと呼ばれた女は、踊っている女の顔をいきなり鷲づかみにし、

「ヤンデレナってば、目立つなって言っておいたでしょ！」

そのまま地面に叩き付けた。

その衝撃で顔を地面にめり込ませ、先程まで躍っていた女――ヤンデレナが静止する。

ジャンデレナはしゃがみ込むとヤンデレナの耳元に顔を寄せ、小声で話しはじめる。

「いい、今回、闇王から命令されたアタシ達の任務は、フリース雑貨店《このみせ》に潜入して、内情を探ること。あわよくば品物を闇商会に横流しすることなんだから、こんなところで変に目立って、怪しまれて、追い払われるわけにはいかないんだからね」

（……じゃないと、お金がもらえないんだから……闇商会《あんなみせ》でも、こんなアタシ達にお金を払ってくれる数少ないお店なんだし……ちゃんと役に立つってアピールしないと……）

ジャンデレナの右手には、フリース雑貨店の店員募集の張り紙が握られていた。

第三章 金髪勇者かく戦えり……8

◇とある森◇

クライロード魔法国と魔族領の境目にある森。

かつてクライロード軍と魔王軍が戦闘状態であった際には、両軍にとっての重要拠点の一つがあった箇所である。

しかし、両軍の間で休戦協定が結ばれて以降。

両軍の砦《とりで》こそ残っているものの、かつてのように多くの兵が詰めてはおらず、数名の非武装兵が巡回しているのみとなっていた。


そんな森の中に延びている街道を一台の馬車が進んでいた。

馬車の窓から顔を出したのは、金髪勇者だった。

「……うむ、最近は警戒が緩いおかげで移動しやすくて助かるな」

「そうですわねぇ。斥候に出ているリリアンジュからも、前方に問題ナシって思念波通信が入ってますわぁ」

金髪勇者の向かいで、ヴァランタインが楽しそうな声をあげる。

魔力の消費を抑えるために幼女形態に変化しているヴァランタインは、満面の笑みを浮かべながら酒瓶を抱きかかえていた。

「さって、これでぇ、こころおきなくぅ酒盛りを続ける事が出来ますわねぇ」

ニコニコしながら、酒瓶を口にくわえてラッパ飲みしていく。

勢いよく酒を喉に流し込むヴァランタインだが、あまりの勢いに口の端から酒がこぼれていた。

『ヴァランタイン殿、酒を飲むのはかまわないでありますが、馬車内を汚すような行為は慎んで頂きたいであります』

天井付近からアルンキーツの声が馬車内に響いた。

荷馬車魔人であるアルンキーツは、一度触れた事がある乗物に姿を変化させる能力を持っている。

体内魔力の残量により、変化出来る乗物の大きさや時間に限度はあるものの、馬車程度の乗物であれば、数日変化したまま移動する事が可能であり、この日も馬車に変化し、金髪勇者一行を乗せて移動していたのであった。

アルンキーツの言葉を受け、腕組みをしていた金髪勇者は、

「ふむ……ツーヤよ」

その視線を隣のツーヤへと向ける。

そんな金髪勇者の視線の先で、ツーヤは、

「……えっと、……これが今日の宿代で……こっちが明日の……」

自らの膝の上に広げている硬貨を数えながらブツブツ呟《つぶや》き、思案を巡らせていた。

そのため、金髪勇者の言葉に気付かずにいた。

「おい、ツーヤよ」

先程より、少し強めに呼びかける金髪勇者の言葉に、ハッと顔を上げたツーヤは、

「え？　あ！　はぃい金髪勇者様ぁ。な、何かご用でございますかぁ!?」

膝の上に広げていた硬貨を布袋に慌てて詰め込みつつ、その視線を金髪勇者へ向けた。

「あ、いや……作業しているのを邪魔してすまんな」

「いえいえぇ。そんな事、大した事ありませんよぉ。それよりも何か御用事ですかぁ?」

ツーヤは布袋を脇に寄せ、金髪勇者へにっこりと笑みを向ける。

「うむ、確認なのだが、この森の先に宿場街があるのであったな」

「はい、そうですよぉ」

「そこにはあとどれくらいで到着する?」

「はいはい、えっとですねぇ……」

脇に置いていた地図を手に取ると、膝の上に広げてそこに視線を落としていく。

「……そうですねぇ……今のままで進むとぉ、夜中の到着になってしまいますけれどぉ、もう少し

速度を上げればぁ、日が暮れるまでに到着出来ると思いますぅ……」

『了解いたしました。それでは、速度を上げて、日が暮れるまでに……』

ツーヤの言葉に、馬車のアルンキーツが返事をする。

同時に、馬車の速度が上がりはじめた。

それを、

「いや、それはいい」

金髪勇者が右手を横に伸ばして制止した。

『よ、よろしいので？』

アルンキーツが慌てて速度を戻した事で急激にブレーキがかかり、金髪勇者の向かいで居眠りをしていたガッポリウーハーは、

「どわあああああああああ!?」

席から思いっきり放り出されて、そのまま金髪勇者の膝の上に転がり込んでいた。

「う、うぉい!?　ガッポリウーハーよ大丈夫か!?」

「うへぇ……び、びっくりしたぁ」

「ちょっとぉ、どさくさにまぎれてぇ、金髪勇者様に抱きつかないでよねぇ」

ヴァランタインの言葉どおり、金髪勇者の膝の上に転がり込んだガッポリウーハーはがっしりと金髪勇者に抱きついており、お腹《なか》のあたりに自らの顔を押しつけていたのであった。

「いいじゃん、減るもんじゃないし～」

ガッポリウーハーがヘラヘラとした表情を浮かべ、べーっと舌を出す。

そんなガッポリウーハーを前にして、ヴァランタインの目が怪しく光った。

「ちょっと小娘、あんた命が惜しくないのかしらぁ?」

魔力消費を抑えるために幼女化していた体が元のサイズに戻り、その両手に邪の糸を展開させる。

「ちょ、ちょ、ちょっと待てヴァランタイン!」

そんなヴァランタインを、金髪勇者が慌てて止めた。

「ただでさえ魔力消費が激しいお前が、ポンポンとその姿になっていると、魔力補充用の食い物がいくらあっても足りないではないか!」

「む、むぅ……そ、それはそうですけどぉ」

金髪勇者の言葉に憤懣《ふんまん》やるかたないといった表情を浮かべながらも、ヴァランタインは体を幼女形態に戻す。

「や～い! や～い! 怒られてやんのぉ」

ガッポリウーハーは金髪勇者に抱きついたまま、舌を出してヴァランタインにへらへらとした笑みを向ける。

そんなガッポリウーハーの顔を金髪勇者が摑《つか》んだ。

「お前にも問題があろう! いい加減、元の席に戻れ!」

「むぎゅ……そ、そんなぁ」

それでも金髪勇者に抱きつこうとするものの、小柄で非力なガッポリウーハーは為《な》す術《すべ》なく引き剝がされた。

「とにかくだ、今日は近くで野宿する事にするぞ。先行しているリリアンジュに、野宿に適した場所を探してもらう事にする」

アルンキーツの馬車の中でドタバタとしながらも、金髪勇者一行はこの日の寝床を求めて移動していった。

◇クライロード大陸のとある山の上◇

クライロード大陸の中、東方には山脈が連なっている一帯がある。

その一角、とある山の上に一人の女の子の姿があった。

「……この世界ってば、久しぶりな気がするけど……ずいぶん様子が変わっちゃってるみたいだなぁ……」

小柄で、腰の部分が長く伸びた燕尾服《えんびふく》風の衣装を身にまとった女の子は、山頂から周囲の様子をうかがう。

「……ふぅん……以前来た時は、もっとあちこちに魔素が溢《あふ》れていて、魔族と人種族が争っていたと思うんだけど……どうやら今は休戦でもしているみたいだなぁ……ま、そんな事はどうでもいいか」

一度大きく伸びをすると、

「魔法防壁が壊れていたおかげで、再びこの世界に侵入する事が出来たわけだし、前回置き去りにしちゃったあの魔人を回収して、また別の世界へ遊びに行こうかなぁ」

手に持っているステッキを振り、にっこりと微笑《ほほえ》む。

「それにしても、びっくりしたなぁ……この世界に侵入しようとした時に、いきなり大鎌を構えたメイドさんに襲われるなんて……大鎌の攻撃をくらって、このステッキが壊れちゃったもんだから、しばらく何にも出来なかったけど……」

手のステッキを振り回し、それを空中へと放り投げる。

「この森の魔素を使って、どうにか補修する事が出来たし、これで本格的に活動を再開出来そうだね」

女の子の頭上で回転していたステッキは、そのまましばらく回転を続けると、いきなりその動きを止め、ある一角を指し示した。

「うん、あっちにいるみたいだね。ボクがこの世界に置き去りにしてきちゃった荷馬車魔人」

ステッキが指し示す方角には、大きな山がそびえていた。

「んじゃ、迎えに行きますか。あの魔人さえいれば、この世界を脱出して、地下世界ドゴログマで動かなくなっちゃってる、アレを動かす事が出来るもんね」

満足そうに頷《うなず》くと、小さくジャンプし、空中のステッキを掴む。

宙に浮いたままのステッキの上に飛び乗った。

そのステッキは小柄な女の子を乗せたまま更に上空へと浮かび、指し示していた方角へ向かって飛行しはじめる。

速度を徐々に上げ、やがて闇夜の中へとその姿を消した。

◇？？？◇

クライロード魔法国の北方。

鬱蒼《うっそう》とした木々に囲まれている森の奥。

そこに小さな集落があった。

そんな集落の一角、小さな木造の建物から一人の亜人が姿を現した。

人型になっているその亜人は、白く長い髪の毛を後ろで束ねており、冒険者風の衣装に身を包んでいる。

玄関の前で立っていたその男は、上空をじっと見つめていた。

「……ふむ……どうやら魔法防壁の修理は終わったみたいだな。しかし、魔法防壁が破損している時に、結構な数の魔獣やら魔人やらがこの世界に侵入しようとしていたみたいだが、そのほとんどは、駆除されたみたいだな。まぁ、あの数を対処出来たって事は、おそらく神界のヤツがやったんだろうが……」

そう言うと、その視線を前方へと向ける。

その視線の先には、大きな山がそびえていた。

「……そんな神界のヤツでも、一匹のがしちまったみたいだな……どうやら、今は大人しくしているみたいだが……」

そう言うと、玄関の横に立てかけていた巨大なバスターソードに手を伸ばす。

斬るというより刀身でぶん殴る仕様のそれはかなりの重量であるにもかかわらず、男は片手で軽々と持ち上げた。

「ま、そこは元勇者である重剣の賢者が、対処してやるか」

そう言うと、山に向かって歩き出した。


その男——かつて魔王討伐のためにクライロード魔法国に召喚された重剣の勇者であった。

勇者としての任を解かれて以降は、この森の奥に移り住み、重剣の賢者と名乗って隠遁《いんとん》生活を送っていた。

(……かつての俺は、魔王と引き分け、休戦協定を結ぶのがやっとだった……そんな俺にも、このクライロード魔法国は報奨金をくれたんだ)

「その恩に、少しは報いておかないとな」

小さく呟くと、移動速度を上げた。

筋骨隆々な姿からは想像出来ないほどにその速度は速かった。

◇とある森の奥◇
崖の麓にある洞窟。

その入り口周囲の地面には、いくつもの穴が開いていた。

そんな洞窟の中から、金髪勇者が姿を現した。

「うむ……思ったより快適に眠る事が出来たな」

大きく伸びをしながら、息を吐き出していく。

「……さて」

腰につけている魔法袋からドリルブルドーザースコップを取り出すと、入り口の周囲に開いている穴の一つへ歩み寄る。

穴の中をのぞき込むと、そこには数匹の魔獣の姿があった。

大型の肉食らしいその魔獣達《たち》は、穴に落下した衝撃で、全て絶命しているようだった。

「ふむ……落とし穴の成果は絶大だな。さて、回収するとしようか」

金髪勇者がドリルブルドーザースコップを構えると、

（……お手伝いいたしましょうか？）

その脳内に、リリアンジュの思念波が届いた。

「リリアンジュか、それには及ばない。落とし穴の横に別の穴を掘って降り、罠《わな》にかかった魔獣達を魔法袋で回収するだけの、簡単な仕事だからな。それよりも、だ……」

そう言って、周囲を見回す。

「リリアンジュよ、お前の事だ、万が一、落とし穴の罠をかいくぐった魔獣が、穴の中に侵入しないように、この近くで寝ずの番をしていたのであろう？」

（……そのとおりでございますが、拙者は諜報《ちょうほう》に特化された存在でござる。生存するために必要な魔力も微量で十分ですし、寝る必要もございませぬゆえ……）

「そんな事は聞いていない。この私が休めと言っているのだ。無理矢理にでも横になって眼《め》を閉じよと言っているのだ」

（……わ、わかったでござる……では、皆殿が出立なさるまで、しばしお休みを頂くでござる……）

「うむ、それでよい」

リリアンジュの返答に満足そうに頷くと、金髪勇者は改めてドリルブルドーザースコップを落とし穴の横に突き立てた。

落とし穴の周囲を螺旋状《らせんじょう》に掘り進み、その最深部まで進んだところで、落とし穴に向かって横穴を開ける。

「ふむ、これはまた立派な魔獣だな。これは高く売れそうだ」

満足そうに頷くと、魔獣に魔法袋を向ける。

次の瞬間、魔獣の体が魔法袋の中に吸い込まれていった。

「よし、まずは一つ」

魔法袋を腰に戻すと、螺旋状に開けた穴を埋め戻しながら地上へと戻る。

回収が終わった落とし穴はドリルブルドーザースコップから土砂を放出し、完全に塞いでいく。

伝説級アイテムであるドリルブルドーザースコップ。

このドリルブルドーザースコップは、元は土木工事を行うための道具であり、穴をすさまじい速度で掘る事が出来る。

「しかしこのドリルブルドーザースコップの能力に、こんな機能があったとはな」

ドリルブルドーザースコップの先から放出されていく土砂を見つめながら、金髪勇者は感心した声で呟く。

「掘った土砂を異空間に保存し、自由に放出する事が出来るとは……本当にお前は優秀だ、うん」

放出される土砂によって、落とし穴が完全に塞がれていくのを、満足げに眺める。

昨夜寝る前に落とし穴を掘った際に出た土砂を全てドリルブルドーザースコップに保存していたため、掘った穴を全て埋め戻す事が可能であった。

金髪勇者の言葉に呼応するかのように、ドリルブルドーザースコップが一瞬光ったように見えた。

しかし、朝日のためか、金髪勇者がその輝きに気がつく事はなかった。

「さて、皆が起きてくる前に、落とし穴にかかった魔獣達を全て回収しておかねばな。この魔獣達を宿場街で売ればそれなりの金になるだろうし、年柄年中『お金がありませぇん』と嘆きまくっているツーヤも少しは喜ぶであろう」

埋め戻し終わった落とし穴の上部をドリルブルドーザースコップでならし、次の落とし穴へ向かっていた金髪勇者は、ふいに足を止めた。

「……ん?」

顔を上げ、森の中へ視線を向ける。

「そこに隠れているのは誰だ?」

森に向かって声をあげる金髪勇者。

すると、

（……もも、申し訳ございませぬ、このような場所で休んでしまって）

金髪勇者の脳内に、リリアンジュの思念波が流れ込んでくる。

「違う！　リリアンジュよ、お主ではない、そこに隠れている貴様だ、貴様！」

そう言って金髪勇者が森の一角を指さした。

すると、森の中から一人の女の子が姿を現す。

「へぇ、すごいねお兄さん。気配隠蔽魔法を使用しているボクの事を見つける事が出来るなんてさ」

燕尾服風の衣装を身にまとった小柄な女の子は、クスクスと笑いながら金髪勇者の様子を興味深そうに観察する。

「へぇ……人種族にしては能力値が高めだけど、あくまでも人種族の中では、ってくらいみたいだね。これじゃあボクのような魔人相手じゃ勝負にならない感じかな」

クスクスと笑い、手にしているステッキを一振りする。

「ふむ、その言動と態度からして、私に対して好意的な存在ではないようだが……」

そう言うと、金髪勇者は手に持っているドリルブルドーザースコップを振るった。

その行動を前にして、女の子の表情が凍り付くようなものへと変わる。

「……何それ……まさか、ボクの真似《まね》って事？」

「ふむ？　そのつもりだが、何か問題でもあったのか？」

真顔で返答する金髪勇者に、女の子は思わず舌打ちした。

「へぇ……天空城まで生成出来る上位荷馬車魔人であるこのボク、ドライビーンの事をバカにするなんて……お兄さん、命知らずにも程があるんじゃないかな」

再度舌打ちをすると、ステッキを再び振るう女の子——ドライビーン。

すると、ステッキが光り輝き、その前方に球状の物体が出現していく。

左右に三門ずつの砲台が設置されたその物体の上に、ドライビーンが飛び乗る。

「乗物魔獣生成ステッキも完全復活しているみたいだし、このステッキで産みだした戦車魔獣を相手に、どこまで頑張れるかな」

戦車魔獣の上部にある操縦席に座ったドライビーンは、左右から飛び出している操縦桿《かん》を握った。

そんなドライビーンに対し、金髪勇者は、

「あ～、ちょっと待ってくれ」

気の抜けた声をあげ、緊張感のない様子の金髪勇者を前に、ドライビーンは思わず出端をくじかれる。

「こんな緊迫した場面に、すっごく似つかわしくない台詞《せりふ》だけど……ボクは優しいからその話を聞くだけ聞いてあげるからさ、さっさと話してくれないかな？」

どうにか笑みを保ってはいるものの、内心の苛立《いらだ》ちを隠しきれないでいた。

そんなドライビーンをよそに、金髪勇者は腕組みをしながら歩み寄っていく。

「あのだな、冷静に考えてくれ。お前と私は、何故《なぜ》戦わなければならないのだ？　先程の会話だけでは、まったく理解出来ないのだが？　まさか、ステッキを回す仕草を真似されたからなどと言う、幼稚な事は言わないだろうな？」

「……」

金髪勇者の言葉に、ドライビーンは思わず口ごもる。

（……ボクとした事が……この男の言うとおり、今のボクは、自分の仕草を真似された事に怒って、戦いをふっかけているじゃないか……）

金髪勇者の指摘に動揺しながらも、その場で大きく深呼吸する。

（……落ち着け……落ち着くんだ……この男に出会ってからこっち、ペースを乱されっぱなしじゃないか……）

何度か深呼吸を繰り返し、改めて視線を金髪勇者へと向ける。

「確かに君の言うとおりだったね。これは失礼した。ボクの望みは、そこの洞窟の中にいる荷馬車魔人を渡してもらう事。無条件で渡してくれるのなら、君の事は見逃してあげてもいいかな。どうせ君、ボクにはかなわないんだしさ、ここはボクの提案にのった方が得なんじゃない？」

クスクス笑いながら、金髪勇者を見下ろす。

彼女自身は小柄なものの、彼女が騎乗している戦車魔獣が金髪勇者の二倍近い大きさを誇っているため、かなりの威圧感がある。

「ふむ、せっかくだがそれは出来んな」

「……ふ～ん、そうなんだ……じゃあ、戦争だね」

ドライビーンはそう言うと、操縦桿を握っている手に力を込めた。

「まったく、人の話を聞かないヤツだな。確かに、この洞窟の中には私の仲間達が眠っているが、その中に貴様の言う荷馬車魔人などいないと言っているのだ」

「はぁ!?」

金髪勇者の言葉に、ドライビーンは思わず目を丸くした。

「嘘《うそ》を言っても無駄だよ。荷馬車魔人はボクがこの乗物魔獣生成ステッキで産みだしたんだ！　このステッキで産みだした魔獣は、このステッキに反応するように作られているんだ。そのステッキが、荷馬車魔人がここにいるって言っているんだから間違いないんだってば」

「ふむ、ならばもう一度やってみたらどうだ？」

「ふぅん……ボクが嘘を言っているとでも言いたいみたいだね。わかった、じゃあやってみせてあげるよ」

そう言うと再びステッキを手に取り、頭上に放り上げる。

その時、

「今だヴァランタイン！」

金髪勇者が合図する。

その声に呼応するように洞窟の中から邪の糸が無数に出現し、ドライビーンの頭上で回転しているステッキに巻き付いていく。

「あ、ちょ、ちょっと!?」

いきなりの出来事に困惑しながらも、ドライビーンがステッキに向かって手を伸ばす。

しかし、それより早く邪の糸は収縮し、洞窟の中から姿を現したヴァランタインの手の中へと収まる。

「さぁすが金髪勇者様、ナイスな作戦ですわぁ」

いつもの妖艶な女性の姿ではなく、魔力の消費をセーブするための幼女形態になっているヴァランタインは、それでも艶《なま》めかしく腰をくねらせ、金髪勇者にステッキを手渡した。

「ヴァランタインよ、調子はどうだ?」

「えぇ、最近この姿のままで過ごさせて頂いているし、仕事もほとんど免除して頂いているおかげで、魔力も気力も満々よぉ」

ヴァランタインが豊満な胸を張って投げキッスをする。

「いや……調子いいのはわかったから、無用な行動をして無駄にエネルギーを消費するでない。お前は私の切り札なのだからな」

「……まぁ」

その言葉に、ヴァランタインは嬉《うれ》しそうに破顔した。

「そこまで言われてしまっては、頑張るしかありませんわねぇ。さぁ、金髪勇者様ぁ、次はどういたしますかぁ?」

「うむ、次はだな……」

チラッと後方へ視線を向ける。

そんな金髪勇者に対し、戦車魔獣の操縦席から立ち上がったドライビーンは、

「ちょっと卑怯《ひきょう》だよお前！　ボクのステッキ返してよ！」

眼に涙を溜《た》めながら声を張り上げていた。

「うむ、それについてはお前の言うとおりだが……こちらに対して危害を加えようとしている者に対して、はいそうですか、と言う事を聞くわけにもいかないしな……ここは、取引といこうではないか」

「取引？」

「うむ、お前がこのまま大人しく引き下がると言うのであれば、私もこのステッキを返還しようではないか」

そう言うと、手に持ったステッキをドライビーンに向かって突きつける。

そんな金髪勇者に対し、

「荷馬車魔人も、そのステッキも元々ボクのものじゃないか……」

ドライビーンは忌々しそうに歯ぎしりしながら金髪勇者を睨《にら》み付ける。

（……と、まぁ、怒り心頭な演技をしておいて、っと……そんな約束、ステッキを取り戻したらすぐに破っちゃえばいいだけの事じゃない……）

内心ではそんな事を考えていた。

「……不本意だ……とっても不本意だ……でも、そのステッキはボクにとって、とっても大事な品……ここは、涙を呑《の》んで、その条件をのもうじゃないか」

ぐぬぬ、と、声を振り絞る。

「ふむ、では、これを返せば、荷馬車魔人は諦めるという事でよいのだな？」

「……不本意だけど……本当に不本意だけど……認めようじゃないか」

不本意そうに頷いたドライビーンに対し、金髪勇者は、

「うむ、ではステッキを返還するとしよう。約束を忘れるでないぞ」

そう言って手に持っているステッキをドライビーンへと放り投げた。

戦車魔獣の操縦席のドライビーンは、それを受け取ると、その顔に満面の笑みを浮かべた。

「……ふふ……ふふふ……おバカさんだねぇ……そんな約束、守るわけないじゃん」

そう言うと、操縦席にドカッと座りなおし、操縦桿を握り締める。

そんなドライビーンの眼前には、ヴァランタインの姿だけがあった。

「あ、あれ？　あの男は……」

困惑しながら周囲を見回すドライビーンの他方では、洞窟の中から、
ガラガラガラガラ……

荷馬車の音が響き、やがて、一台の荷馬車がすさまじい勢いで飛び出してくる。

『ヴァランタイン殿、飛び乗るであります』

「はぁい、よろしくねぇ」

アルンキーツの言葉に頷き、ヴァランタインが荷馬車に向かってジャンプする。

荷馬車の扉が開くと、ヴァランタインを回収出来るよう車体を傾けていく。

微調整のおかげで、無事にヴァランタインを回収したアルンキーツの荷馬車は、戦車魔獣の近くをかすめるように疾走し、

『さぁ、金髪勇者殿も！』

金髪勇者へと声をかける。

荷馬車の扉が再び開き、そこからヴァランタインの邪の糸が伸びた。

「うむ、わかった」

金髪勇者の声が戦車魔獣の足元から聞こえてくる。

そこに伸びた邪の糸が金髪勇者の体を引き上げていく。

その姿を視認したドライビーンは、

「い、いつの間にそんなところにいたんだよ。でも、絶対に逃がさないからね」

森へと疾走するアルンキーツの荷馬車に対して、戦車魔獣の砲塔を向けるため、操縦桿を操って旋回していく。

二本の足が地面を踏みしめて旋回する最中、
ズボッ。

その足が、いきなり穴の中に沈み込んだ。

「な、なんでぇぇぇぇぇぇぇ?!」

困惑した声をあげるドライビーンは、戦車魔獣とともに、突如出現した落とし穴の中へと落下していく。


「……うむ、どうやら上手《うま》くいったようだな」

落とし穴に落下し、砲台が空を向いた状態で動けなくなっている戦車魔獣を後方に確認しながら、金髪勇者は安堵《あんど》の息を吐いた。

そんな金髪勇者に、ガッポリウーハーが体を寄せる。

「さっすが金髪勇者様だよねぇ。あんな短時間に、ドリルブルドーザースコップを使って戦車魔獣の足元に落とし穴を作っちゃうなんてさ」

嬉しそうに笑い、その肩をバンバンと叩《たた》く。

そんなガッポリウーハーを、金髪勇者はジト眼で見つめていた。

「そもそもだな、お前が昨夜、アルンキーツに酒を飲ませすぎなければここまで苦労する事はなかったのだぞ。お前がこいつに酒を飲ませすぎたせいで、なっかなか荷馬車に変化する事が出来ず、で……私は必死になって冷静を装いながら会話を長引かせていたのだからな」

荷馬車の床を、ドンと踏みしめ、不服そうに口をへの時に曲げる。

そんな金髪勇者の隣で、ヴァランタインは肩をすくめていた。

「ほんとよぉ、リリアンジュからの思念波通信を聞きながら、最悪、アタシが通常の姿に戻って対抗するしかないかと思っていたのよぉ」

ヴァランタインの言葉を聞くと、今度はツーヤが顔を青くする。

「いやぁぁぁぁぁぁぁ！　そ、それは……それだけはご勘弁くださぁい……通常の姿に戻った後のヴァランタインさんってば、消耗した魔力を補充するために飲み食いする量が尋常じゃなくなってしまうんですからぁ……最近、金髪勇者様が狩ってくださる魔獣の売上のおかげでようやく収支が安定してきているんですからぁ、またあの極限生活に戻りたくありませぇん」

その場で卒倒しそうになっていた。

「あら、でも、最近は金髪勇者様の配慮のおかげで、セーブモード《この姿》ですごす時間を長くしているし、仕事量も抑えてもらっているおかげで、魔力がかなり溜まっているからぁ、そこまでひどく飲み食いしないと思うわよぉ」

「ヴァランタイン様にとっては『そこまでひどく』ないって、私達基準では洒落《しゃれ》にならない可能性が高いですしぃ」

荷馬車の中で、そんな言い合いを続けている二人のやり取りを金髪勇者は苦笑しながら見つめていた。

（……金髪勇者）

そんな金髪勇者の脳内に、リリアンジュの思念波が流れ込んでくる。

「リリアンジュか、どうした？」

（……想定よりも早く、ドライビーンが接近しております）

「うぬ？　あの戦車魔獣はそこまで早く移動出来そうな形態をしていなかったと思うのだが？」

（……別の魔獣を作り出しておりまして）

「別の魔獣だと？」

金髪勇者が荷馬車の窓から顔を出し、後方へ視線を向ける。

その視線の先では、巨大な戦車がすさまじい速度で接近していた。

「なるほど……あの形態であれば低木であればなぎ倒せるし、多少の凹凸も速度を落とす事なく進む事が出来るわけか」

感心したような声をあげながら金髪勇者が頷く。

「か、感心している場合ですかぁ!?　あの戦車ってば、砲台があるじゃないですかぁ」

ツーヤが涙目で金髪勇者の背中をポカポカと叩いた。


「ふふふ、慌てているみたいだね。でも、もう遅いんだから」

高速移動型の戦車魔獣の運転席に座っているドライビーンは、照準を前方の荷馬車姿のアルンキーツへ合わせる。

「意思を持たない乗物魔獣を生成するのは簡単なんだけど、アルンキーツのような魔人を生成するのって結構大変だから、無傷で取り戻したかったんだけど……ここまでバカにされたら、もういいや。むかついたし、イラついたし、すっごく怒ったし！」

照準器を操作するドライビーンの視線の先にはアルンキーツの荷馬車が映し出されていた。

その照準器が荷馬車を捉え、赤く輝いていく。

「さよならだよアルンキーツ。ボクの事をバカにした男に付き従っている君になんて、もう興味はないからね」

そう言って、発射桿に手を掛ける。

しかし、照準器の向こうの光景にドライビーンは思わず目を丸くした。

アルンキーツの荷馬車の扉が開き、金髪勇者が姿を現していた。

そのまま荷馬車をよじ登り、金髪勇者が屋根の上へと立つ。

「……あの男……いったい何をするつもりなんだ？」

ドライビーンの脳裏に、先程の光景がフラッシュバックした。

「……あの短時間に落とし穴を作って、戦車魔獣を無効化したんだ……あの行動にも何か意図があるんじゃあ……」

発射桿を握った手に汗が滲《にじ》んだ。

「……いやいやいや……何を考えているのさ……あれは、ボクの隙をついたから成功しただけであって、今回は最初から警戒しているし……落とし穴を掘る隙も与えていないし……何も出来るはずがない……はずがないんだ」

自分に言い聞かせるように、同じ言葉を繰り返す。

「……この戦車の砲台から魔法弾を最大魔力で発射すれば、球状世界の大地に穴を開ける事も出来るんじゃないかって威力があるんだし、一発放てば、それではいさようならってね」

（……なのに……なんなのさ、この違和感というか、いやな感じは……）

そんな迷いを振り払うかのようにドライビーンは首を左右に振る。

その視線の先、荷馬車の屋根の上には、ドリルブルドーザースコップを手にしている金髪勇者の姿があった。

その姿を改めて確認しながらも、

「もう、お前、目障りなんだってば！　ボクの前から消えて！　永遠に！」

ドライビーンは絶叫して発射ボタンを押す。

同時に、砲台から魔法弾が射出された。


「やはり撃ってきたか」

迫りくる魔法弾を前に、金髪勇者はドリルブルドーザースコップを持つ手に力を込めた。

「……しかも、狙いがこの私とはな」

その言葉どおり、魔法弾はアルンキーツの荷馬車ではなく、金髪勇者を狙っていた。

その魔法弾が金髪勇者を消し飛ばす、瞬間。

「うおおおおおおおおおおおおおおおおおお！」

気合いの入った声をあげて振るわれたドリルブルドーザースコップが、魔法弾を完璧に捉えた。

「はぁ!?」

照準器の中の光景を凝視していたドライビーンの口から唖然《あぜん》とした声が漏れた。

その視線の先には、着弾したはずの魔法弾をドリルブルドーザースコップで受け止めている金髪勇者の姿が映し出されていたのである。

「……嘘……マジ？……なんなの……あんなの反則じゃん……なんであんな事が出来るわけ？……あんな能力の低い人種族なのに……なんで……どうして……ありえない……ありえない……ありえない……」

ドライビーンは思わず頭を抱えた。

「うおおおおおおおおおおおおおおおおおお！」

魔法弾を完璧に捉えたドリルブルドーザースコップを、金髪勇者は渾身《こんしん》の力で支えていた。

（……さすがに、この魔法弾のパワーはすさまじいな……腕が痛い……肩からもげてしまいそうだ……！）

歯を食いしばり、必死にドリルブルドーザースコップを握り締める。

「……だがしかし……私と、お前なら出来るはずだ……なぁ、そうだろう、ドリルブルドーザースコップよ」

歯を食いしばりながらドリルブルドーザースコップに声をかけると、その声に呼応するかのように、ドリルブルドーザースコップが光り輝く。

「き、金髪勇者様ぁ」

助太刀するために、荷馬車の屋根に登ってきたヴァランタインが声をかける。

「大丈夫だヴァランタインよ」

そんなヴァランタインに、金髪勇者が声を振り絞る。

「私と、ドリルブルドーザースコップを信じろぉ！」

絶叫し、力強く一歩踏み出す。

同時に、ドリルブルドーザースコップが今まで以上の輝きを放った。

次の瞬間、ドリルブルドーザースコップが振り抜かれ、魔法弾が弾《はじ》き返される。

「き、金髪勇者様ぁ！」

ヴァランタインが思わず歓喜の声をあげる。

弾き返された魔法弾は、一度空に向かって上昇すると、今度はすさまじい速度で下降し——ドライビーンが騎乗している戦車を直撃した。

「な、何が起きたっていうのさぁぁぁぁぁ」

いきなり頭上から衝撃を受けたドライビーンは、操縦席の中で絶叫していた。

金髪勇者が魔法弾を受け止めた事に衝撃を受け、照準器から目を離していたため、弾き返された魔法弾が上空から直撃した事に気付いていなかった。

「何？　何が起きてるの？　どういう事？　なんか地面にめり込んでない？　ねぇ？　ネェ？ねぇ？」

困惑した声をあげながら周囲を見回す。

そんなドライビーンを乗せている戦車魔獣は、天井部分に直撃した魔法弾とともに、地面の中にめり込み続けていた。

岩盤を砕き、土砂を押しのけ、まっすぐに落下していく戦車魔獣は、やがてクライロード球状世界の土台を突き抜け、その下方にある魔法防壁すら破壊し、はるか地下へと落下していった。

その下にあるのは、地下世界ドゴログマだけである。

すでに、ドライビーンの絶叫は聞こえなくなっていた。


「……どうにかなったようだな」

停車している荷馬車の屋根の上、そこで大の字に倒れていた金髪勇者は、大きく息を吐き出した。

「「「金髪勇者様ぁ」」」

そんな金髪勇者に、ヴァランタイン、ツーヤ、ガッポリウーハーの三人が抱きついた。

「うむ、お前達、喜ぶのはいいが、そんなに強く抱きつくでない」

「だってぇ、金髪勇者様ってば、あのまま吹き飛んでしまうんじゃないかってぇ」

「アタシもぉ、生きた心地がしませんでしたわよぉ」

「いやぁ、でも金髪勇者の旦那なら、なんとかしてくれるって信じてたけどさ」

金髪勇者は心配する言葉を口にする三人を抱き寄せ、やれやれといった表情を浮かべていた。

「なぁ、アルンキーツよ」

『はい、なんでありますか、金髪勇者殿』

「あのドライビーンとかいう女の子、退治してよかったのか？　あの女の子の話では、お前の創造主のようだったが……」

『あぁ、なんかそんな事を言っていたでありますな』

アルンキーツは屋根の上の四人をゆっくりと地面に降ろすと、荷馬車の姿からいつもの女の子の姿へと変化する。

その表情は困惑したものだった。

「……自分、あの女の子の事をまったく覚えていないのでありますよ」

「……それは、どういう事だ？」

本気で困惑し続けているアルンキーツを前に、金髪勇者もまた困惑の声をあげる。

「あぁ、その事なんですけどね」

そこに、ガッポリウーハーが苦笑しながら割り込んでくる。

「アルンキーツってね、アタシと出会った時に、記憶喪失だったんですよ」

「「「記憶喪失？」」」

ガッポリウーハーの言葉に、金髪勇者・ヴァランタイン・ツーヤの三人が驚きの声をあげる。

「そうなんですよ。んで、人さらいに捕まって売り飛ばされそうになっていたところを、このアタシが助けたってわけで……」

「そうであります。自分の記憶はガッポリウーハーとともに人さらいの元から逃走しているあたりからしかない次第でありまして……なので、あんな女の子、どうでもいいであります」

腕組みして頷くアルンキーツの様子に、金髪勇者は思わず苦笑した。

「……まぁ、アルンキーツがいいのであれば、それでいいか」

一件落着と立ち上がった金髪勇者。

そこに一人の男が歩み寄ってくる。

大振りなバスターソードを片手で軽々と持っている亜人らしきその男。

人型になっているその亜人は、白く長い髪の毛を後方で束ねており、冒険者風の衣装に身を包んでいた。

「現在の勇者である貴殿の戦い、失礼ながら見学させて頂いた」

「ふむ……私の事を現在の勇者と言うという事は、貴殿はかつての勇者、という事でいいのかな？」

「うむ、我が名は重剣の賢者。かつて勇者としてこの地に召喚され、魔王と戦った者である」

金髪勇者の言葉に、静かな口調で返事を返す亜人の男――重剣の賢者。

「で？　そんな重剣の賢者殿が、この私に何の用なのだ？」

「うむ……失礼ながら貴殿の闘い方を拝見していて、一つ気になった事があるのだ」

「気になる事？」

「うむ……貴殿は、あのドライビーンという他世界からの侵入者に、奪ったステッキを返したであろう？」

「あぁ、確かに返したが？」

「だが、あの時の貴殿は、ドライビーンがステッキを返したとしても約束を反故《ほご》にして攻撃をしかけてくるとわかっていた……その上で、あのステッキを返したではないか。あれは何故なのだ？」

「お前、そんな事もわからないのか？」

重剣の賢者の疑問に、金髪勇者が呆《あき》れたような表情を浮かべる。

「そんなもの、私が勇者だからに決まっているではないか」

「な、何？」

「あの場面で、ステッキを返すと言って返さなければ、あの女の子と同レベルの小悪党ではないか。私は勇者だ、そんな真似は出来ない」

真剣な眼差《まなざ》しできっぱりと言い切った。

「……なるほど……理解した。答えてくれてありがとう」

重剣の賢者はそう言って満足そうに頷く。

きびすを返し、森の中へと歩いていく。

(……金髪勇者……よからぬ噂《うわさ》も多く、クライロード魔法国から指名手配までされていると聞いていたが……)

その顔には、満足そうな笑みが浮かんでいた。

◇◇◇

重剣の賢者と別れた後、金髪勇者一行はこの日最初にいた洞窟の場所まで戻っていた。

「結局ぅ、あの重剣の賢者様って、何をしに来られたのでしょう?」

ツーヤが頰に人差し指をあて、怪訝《けげん》そうな表情を浮かべる。

「よくわからぬが、まぁ、よく思ってもらえたと考えてよいのではないか? 今はそれで十分であろう」

そう言って金髪勇者は満足そうに頷く。

「それよりも、だ、アルンキーツよ」

その視線の先には、ドライビーンが廃棄していった攻撃タイプの戦車魔獣が、金髪勇者が掘った落とし穴にはまったままの状態で残されている。

その隣に立ったアルンキーツが手を戦車魔獣にあて、何かを思案し続けていた。

「どうだ？　何かに使えそうか？」

「そうでありますな……ぶっつけ本番になりますが、一つやってみるであります」

そう言って右手に力を込める。

その手が輝き、それに呼応するように戦車魔獣の体も輝いていく。

しばらくの間輝いていた戦車魔獣は、程なくして。

――スポン。

という、軽い音とともに、アルンキーツの右手に吸い込まれていった。

「う、うぬ……な、何が起きたのだ？」

突然の出来事に金髪勇者が目を白黒させる。

「なぁなぁ、何か新しい能力が手に入ったのか？」

一方、ガッポリウーハーが興味津々といった様子でアルンキーツへ顔を近づけた。

そんな一同の前で、アルンキーツは眼前にウインドウを表示させ、あれこれと作業をしていく。

「……そうでありますな……戦車形態になった際に、通常一門しか砲台を持つ事が出来なかったのが、左右三門ずつ、計六門持つ事が出来るようになったであります……が」

「「「「……が？」」」」

言葉を切ったアルンキーツに、一同は怪訝そうな表情を浮かべる。

そんな一同へ視線を向け、

「自分の魔力量では、時間にして二秒しか、六門形態を維持出来ないようでありますな」

そう苦笑して後頭部をかいた。

その言葉に、一同がガックリと肩を落とす。

「なんというか、ぬか喜びも甚だしいな」

「あはは……面目次第もないであります」

「まぁ、しかし、だ、それもまたアルンキーツらしくてよいではないか」

金髪勇者がハッハッハと笑う。

「まぁ、確かにそうですねぇ」

それに釣られて、ツーヤも笑い声をあげた。

程なくして、金髪勇者一行の全員が楽しそうに笑い合った。

「さて、魔獣の回収も終わったし、昨夜の落とし穴にはまった魔獣達を回収したら、森の先にある街へ行こうではないか。今夜こそ宿に泊まるぞ」

「わぁ、今夜は柔らかい布団で眠れるんですねぇ」

「お酒の美味《おい》しいお店がいいわねぇ」

「ヴァランタイン殿、自分もお酒の美味しい店がいいであります」

「えぇ、アルンキーツぅ、お前ってば下戸のくせにバカスカ飲んで次の日えらい事になるんだから、やめてくれないかなぁ」

そんな会話を交わしながら、楽しげに森を進んでいく金髪勇者一行。

その笑い声は森の奥まで響いていった。

第四章　フリオと神界城……８

◇＊＊＊◇

クライロード球状世界の下部。

魔法防壁で覆われているその一角に、ゾフィナの姿があった。

背の羽をはばたかせながらその場に静止しているゾフィナは、腕組みをしたまま上空を見上げていたものの、

「……はぁ」

この日、何度目かになるため息を吐《つ》いた。

その視線の先には、クライロード球状世界の魔法防壁がある。

そこは、先日ゾフィナをはじめとした神界の使徒達《たち》に加えて、クライロード球状世界の住人であるフリオとエリナーザの協力を得て修繕作業を終えたばかりの箇所である。

ゾフィナの視線の先にあるその箇所が、思いっきり破損し、防壁が完全に失われていた。

「……フリオ様とエリナーザ様の手助けのおかげで、早期に復旧出来たばかりだったというのに

「……なんでまたこんな状態に……」

ゾフィナの顔はぱっと見でわかるほど青ざめており、体も小刻みに震えている。

そんなゾフィナの隣には、フリオとエリナーザの姿があった。

それぞれ、浮遊魔法で体を宙に浮かせている。

「……こんな事も起きるんですねぇ」

苦笑しながら、破損している魔法防壁の一角を観察する。

「こんなに壊れるものなんですか？」

エリナーザが右手を顎にあて、首を傾《かし》げる。

「……いえ……魔法防壁が破損する案件は、なくはないのですが……一度発生した後、再び起きたという話はほとんどきいた事がなく……二度目の破損は、元女神のテルビレスの手抜きが原因だったのですが、その後、三度こうして破損してしまうなんて……クライロード球状世界では一体何が起こっているのですか……」

再び大きなため息を漏らすゾフィナの心中を察したのか、フリオは、

「と、とにかく、早く修理してしまいましょう」

あえて明るい口調で声をかけた。

そんなフリオの隣で腕組みしているエリナーザの額には宝珠が出現しており、緑の光を放っている。

その光に呼応するように、エリナーザの周囲には優しい風が舞い、その体を宙に浮かせていた。

「そうよ、落ち込んでいないで、ちゃっちゃと修理してしまいましょう」

「そ、そうですね、お二人の言うとおりです」

二人の言葉に頷《うなず》くと、ゾフィナもまた自らの前に魔法を展開していく。

それを確認したエリナーザは、自らも両手を前方へと伸ばした。

両手の先に魔法陣が展開して魔法防壁の修理をはじめると、額の宝珠の色が黄色に変化していく。

そんなエリナーザの額を、フリオが横目で見つめていた。

「エリナーザの額の宝珠って、解放している魔法の力によって色が変わるんだね」

「えぇ、そうなの」

フリオの言葉に、にっこりと微笑《ほほえ》む。

「能力が制限されていた未成年の時は色の変化はなかったんだけど、人種族の十六歳相当と見なされて、能力の制限が解放されてからは、火系の魔法力を解放した時は赤に、水系の魔法力を解放した時は青に、風系の魔法力を解放した時は緑に、って、そんな感じで宝珠の色が変化するの」

エリナーザは、生まれつきフリオの持つ規格外な魔法能力を引き継いでいた。

しかし、その能力があまりにも強大だったため、体が成熟する人種族の成人年齢十六歳相当に成長するまで、その魔法能力に制限がかかっており、それを超えて魔力を使用しようとすると、警告ウインドウが表示されていたのであった。

（……まぁ、その気になれば警告を無効化する事も出来たんだけど、パパから『無理は絶対にしてはいけないよ』っていつも言われていたし……言う事を破ってパパに怒られたくないもの……）

フリオと話をしながら、エリナーザはそんな思考を巡らせていた。

「能力の制限が解放されてから、体の中の魔法力を全部解放出来るようになったの。そうしたら、こうして宝珠の色が変化するようになったの」

「なるほど……使用する魔法の系統によって宝珠の色が変わるんだね」

エリナーザの説明にフリオが頷く。

エリナーザは魔法使用に制限がかかっていた頃でも、かなりの魔法を使用する事が出来ており、それだけでも、クライロード魔法国に存在している魔法使役者の中で数人しか到達出来ないレベルであった。

そのため、能力の制御が解除された今も、宝珠の輝きが増す程度の変化しかしない魔法でだいたいの事が解決しており、宝珠の輝く色が変化するほど膨大な魔力を使用する事が必要なかったため、エリナーザの宝珠の輝きが変化するのを、フリオも見た事がなかったのである。

「それにしても……」

フリオがじっとエリナーザの額の宝珠を見つめる。

「とても綺麗《きれい》な輝きだね。思わず見惚《みと》れてしまうよ」

そう言って笑みを浮かべた。

「やだ、もう……パパったら。とても嬉《うれ》しいけど、とっても恥ずかしいわ」

その言葉に耳まで真っ赤にしながらも、エリナーザは思わず破顔した。

（……あぁ、もうパパったら、こんな素敵な言葉をさらっと口に出来るなんて……やっぱり男性ってこうでないと）

普段はあまり感情を表に出さないエリナーザだが、フリオの言葉がドストレートに胸に突き刺さっていた。

いつも以上に過剰に反応してしまい、口元にだらしない笑みを浮かべたエリナーザは、その自覚があるためか、魔法で左右の髪の毛を操って顔をフリオから隠しながら、

（……私、やっぱりパパ以上の相手でないと交際しない！　こんなに素敵な男性がパパとして家にいてくださるのですもの。無理して他の男性と交際する必要性を感じませんわ。えぇ、当然よ！）

……そんな事を考えていた。

……幼少期からファザコンをこじらせまくっている困った少女である。

フリオとエリナーザが和やかな雰囲気で魔法防壁の修繕を行っている中、その会話を近くで聞きながら作業していたゾフィナは、その表情を強《こわ》ばらせていた。

（……額に宝珠を有して生まれてくるというのは、神界人でも稀《まれ》だというのに……その宝珠の色を自在に変化させる事が出来るまでの能力をお持ちだなんて……）

ゾフィナは自らの額に手をあてた。

神界の使徒であるゾフィナだが、額に宝珠を宿してはいない。

額に宝珠を宿している人物というのは、それほど稀少《きしょう》な存在なのである。

（……以前から色よい返事を頂けておりませんが、エリナーザ様にどうにかして神界学校に入学して頂き、そこで神界のしきたりを学び、ゆくゆくは球状世界を管轄する女神となって頂けるようお願いすべきではないかと……エリナーザ様は球状世界にとどめておくにはもったいない存在であり……）

「ねぇ、ゾフィナ」

「は、はい!?」

二人の会話を聞きながら思案を巡らせていたゾフィナは、エリナーザに声をかけられ、ハッとした表情を浮かべ、慌ててエリナーザへ視線を向けた。

そんなゾフィナに、エリナーザがにっこりと微笑みかける。

「パパに褒めてもらったこの宝珠、すごく綺麗でしょ？　あなたもそう思ってくれるかしら？」

「え、えぇ、おっしゃるとおりです。とても素晴らしい輝きですね」

「でしょう？　ふふ、パパにも褒められたし、ゾフィナにも褒めてもらえたし、さぁ、今まで以上に気合い入れて作業しちゃうわよ」

上機嫌な様子で改めて魔法を行使するエリナーザは、その額の宝珠が先程までとは比べものにならないほどの光量で輝きはじめ、かなり大きな魔法陣が展開していく。

その魔法陣の威力は、今までにエリナーザが使用していた魔法とは桁違いで、瞬く間に魔法防壁が修復されていく。

その修復速度のあまりの速さに、

「……気合いが入った時のエリナーザはやっぱりすごいな」

今までエリナーザの魔法を身近で見てきているフリオですら感嘆の声を漏らす。

「ありがとうパパ！　私、今日はもっともっと頑張れそうよ！」

フリオの言葉に、エリナーザはさらに魔力を高めていく。

（……防壁の修繕作業に駆り出されるのって、最初は面倒だと思っていたけど……作業の見返りとして地下世界ドゴログマへ稀少な素材採取に出向く許可が下りやすくなったし、何より、こうしてパパに褒められながら作業出来る時間が増えるしで、よい事ずくめじゃない。さぁ、もっと頑張らないと！）

内心でそんな事を考えながら、満面の笑みを浮かべていた。

上機嫌すぎて鼻歌まで歌いながら作業をしているエリナーザの様子に、フリオも、

（……いつものエリナーザは、研究室にこもりっきりで食事の時くらいしか出てこなかっただけに、防壁の修繕作業の手伝いに駆り出されるのはいやだったんじゃないかと思って心配していたけど、この調子だと、いい気分転換になっているみたいでよかったかな）

そんな事を考え、優しく見守っていた。

そんなフリオとエリナーザの様子を見つめていたゾフィナは、

（……エリナーザ様をどうにかして神界へ出向くよう気持ちを動かすには、フリオ様の協力が得られれば……いや、でも、フリオ様が勧めたとしても、フリオ様が一緒に神界に出向くと言わない限り、エリナーザ様が神界に来てくれるとは思えないし……ならば、クライロード球状世界にあるご自宅からの通学を認めるという手もあるにはありますが……いや、しかし、それではエリナーザ様の事を知らない女神様達が納得されないというか……）

苦悶《くもん》に満ちた表情を浮かべながらそんな事を考えつつ、それでも黙々と魔法防壁の修繕作業を続けていた。

「……あ、そういえば、ゾフィナさん」

上機嫌で作業を続けていたエリナーザが、不意にゾフィナへ声をかけた。

「は、はい、なんでしょうか、エリナーザ様」

「あの、ちょっと質問があるのですが、よろしいですか？」

「はい、お答え出来る事でしたら」

「最近、クライロード球状世界の魔法防壁がよく壊れているではありませんか？　でも、これは不可抗力といいますか、突発的な事案だと思うのです。ですが、現地の者の手まで借りて修理を急がれるのには、何か理由があるのではありませんか？」

「そ、それはですね、魔法防壁が破損したままですと、球状世界の間を彷徨《さまよ》っている強大な魔力を持った魔獣達や、悪事を働いた等の理由で球状世界を追われ球状世界間を逃亡している者達の進入が容易《たやす》くなってしまうので、それを防ぐために急いでいる次第でして……」

「そうね。その理由は最初に修理を依頼された時に、パパと一緒に聞いたからわかっているんだけど、それ意外にも別の理由があるんじゃないかって思えているっていうか……」

エリナーザが首を傾げる。

「べ、別の理由……ですか？」

その言葉に、ゾフィナの眉がピクッと動いた。

「あくまでも気になっただけなんだけど……この魔法防壁って、球状世界に外部からの侵略を許さないためのもので、神界の女神様が管理しているのよね？」

「はい……そうです」

エリナーザの言葉にひっかかるものを感じているのか、ゾフィナはエリナーザを見つめながら疑心暗鬼な表情を浮かべている。

そんなゾフィナに、エリナーザは作業を続けながら視線だけを向ける。

「魔法防壁が壊れる事によって、女神様の管理が出来なくなって……何か問題が発生してしまう……なぁんて事があったりするんじゃないのかなぁ、とか思ったりしたのよね……例えば……球状世界衝突《インカーション》、とか？」

エリナーザの表情が悪戯《いたずら》っぽい笑みに変わった。

そんなエリナーザの様子に、ゾフィナは眉をひそめる。

「……あのエリナーザ様……先に一つお聞きしたいのですが……球状世界衝突《インカーション》という言葉をどこでお知りになったのですか？」

真剣な表情のゾフィナの前で、エリナーザは、

「あら？　何を言っていらっしゃるのかしら？　私は『いった〜いどうしよう』って事態が起きたりするんじゃないのかしらってお聞きしたんですよ」

悪戯っぽい笑みを崩さない。

あまりにも白々しいその言い訳を前に、ゾフィナは思わず苦笑した。

「……わかりました。先程の言葉は私の聞き間違いという事にしておきましょう……お察しのとおり、早く魔法防壁を修理しないと、何かしらの問題が起きかねないという事だけは認めておきます。そのような事態が起きないためにも、ご協力よろしくお願いいたします」

「わかりました。全力で頑張らせて頂きますわ」

ゾフィナの言葉ににっこり微笑むと、エリナーザはその視線を魔法防壁へ戻した。

しかし、ゾフィナは彼女の横顔をいまだに見つめていた。

（……球状世界衝突《インカーション》は、過去、魔法防壁が破損した球状世界がコントロールを失って、他の球状世界と衝突し、消滅した事案の事……その記録は、神界の資料館の閲覧注意の保管庫に所蔵されている書物にしか記載されていないはず……なぜ球状世界の住人であるエリナーザ様がご存じなのだ？）

考えを巡らせるゾフィナの表情は困惑したものへと変わっていく。

（……確かに、エリナーザ様は以前一度だけ神界を訪れた事がありますが、あの時はすぐに神界を離れておられますし、何よりこの私が常に同行していました。資料館に出向く時間などなかったはず……）

思案を巡らせていたゾフィナの眼《め》が、ハッと見開かれた。

（……時折、神界でエリナーザ様の気配を感じる事があったのですが……まさか、エリナーザ様……無断で神界に……）

その額から冷や汗を滴らせながらも、どうにか冷静を保とうとする。

（……そ、そもそも、転移魔法で神界に侵入するなど、まず不可能……い、いや……でも、エリナーザ様は神界魔法を使用出来るわけだし、それならば神界に侵入する事が出来るかも……いやいやいや、こんな現実離れした事をいくら考えても仕方ない……今の私に出来るのは、この魔法防壁を完璧に修理する事だけ……）

自身を納得させるように小さく頷くと、ゾフィナもまた魔法防壁へ視線を戻していった。

三人の魔法によって、破損している魔法防壁はすさまじい勢いで修復されていた。

◇少し後……ホウタウの街・フリオ宅◇

ホウタウの街の中心地から延びている街道。

その一角から脇へ逸《そ》れた道の先にフリオの自宅がある。

フリオ宅の前では、ラインオーナがお座り状態で待機していた。

そこで、フリオ宅の玄関が勢いよく開いた。

「さぁ、旦那様とエリナーザにご飯を届けに行きますわよ！」

扉から、大きなバスケットを抱えたリースが元気に飛び出してくる。

「はい！　みんなで行きましょう！」

その後を追うように、リルナーザが続く。

いつもの麦わら帽子を被《かぶ》り、リースと同じく大きなバスケットを抱きかかえていた。

さらにその後方から、まず狂乱熊《サイコベア》姿のサベアが、ついでその妻であり一角兎《ホーンラビット》のシベアと、子供であるスベア・セベア・ソベアが続き、最後に厄災の熊夕ベアが続いた。

そんな一同が、一斉にラインオーナの背に乗り込む。

その時だった。

「あれ、リース、それにみんなも、どこかに行くのかい？」

不意に、上空からフリオの声が聞こえてきた。

その声に、慌てた様子でリースが顔を上げると、視線の先には上空から下降してくるフリオとエリナーザ、それにゾフィナの姿があった。

「あら、旦那様、それにエリナーザも……昼食を届けに向かおうと思っていたのですが……ひょっとして、もう作業が終わったのですか？」

「あ、うん。エリナーザがすごく頑張ってくれたおかげだよ」

リースの言葉に、笑みを浮かべながら隣のエリナーザへ視線を向けるフリオ。

そんなフリオの言葉に、エリナーザは頬を真っ赤に染めた。

「いやだわ、パパったら……全てはパパがすごいからに決まっているじゃない。私はそのお手伝いをちょっとしただけに過ぎないわ」

両手で頬を覆って伏し目がちに首を横に振る。

「エリナーザお姉ちゃん……なんか、とっても笑顔なのです……」

そんなエリナーザの姿に、リルナーザが思わず目を丸くする。

その後ろには、リルナーザと同じようにびっくりした様子のサベア達の姿があった。

普段の家でのエリナーザは、常にクールで感情をほとんど表に出さない。

そんなエリナーザが、感情を全開にしている様子を前にして、リルナーザ達がとまどうのも無理はない。

そんなリルナーザ達の様子に気付いたエリナーザは、慌てた様子で顔を両手で覆った。

（……し、しまった……さっきまでパパと二人っきりで作業してたから、油断してつい感情が顔に出ちゃって……）

周囲の皆に気付かれないように一度深呼吸すると、いつもの無表情な様子に戻したエリナーザは、

「そ、そんな事よりも、私、ちょっと調べたい事があるから、先に部屋へ戻るわね」

冷静な様子を装いつつ、早足で玄関に向かう。

そんなエリナーザの肩をリースが摑《つか》んで引きとめた。

「ちょっとお待ちなさい、エリナーザ」

「な、何、ママ？」

「旦那様もあなたも、朝から休みなく作業をしていたのでしょう？　せっかくなのだし、みんなでお昼を食べていきなさいな」

「そうだね。せっかくリースが準備してくれたんだし、みんなで食べない？　エリナーザ」

その後方から、いつもの飄々《ひょうひょう》とした笑みでフリオも声をかける。

「そうですそうです！　みんなで一緒に食べましょう！　私もママのお手伝いを頑張ったんですよ！」

満面の笑みを浮かべたリルナーザも、エリナーザの腕に抱きつく。

そんな一同の様子を見回すと、エリナーザは、

「……そ、そうね。せっかくだし、調べ物はみんなと一緒にお昼を頂いてからにするわ」

クールを装いつつ、その顔に小さく笑みを浮かべた。

そんなエリナーザの様子を前にして、リースが満足そうに頷く。

「では、さっそくまいりましょう！　みんな、ラインオーナに騎乗してくださいな」

両手で大きなバスケットを抱えたまま、地上で伏せの体勢で待つラインオーナへ向かって駆け出した。

「騎乗って、どこへ行くんだいリース？　魔法防壁の修理はもう終わったんだよ？」

怪訝《けげん》な表情を浮かべるフリオ。

「せっかくお昼から時間が空いたのですもの。とっておきの場所でお昼にしないともったいないですわ」

リースは悪戯っぽく笑みを浮かべ、真っ先にラインオーナへ騎乗する。

そんなフリオ一家の様子を、ゾフィナは少し離れた場所から見つめていた。

「……ご家族団らんの場ですし、私はここらでお暇《いとま》を……」

独り言のように呟くと、皆に気付かれないようにその場を後にしようとする。

「あら？」

そんなゾフィナの動きに、いち早く気付いたのはリースだった。

「ゾフィナってばどこに行くのかしら？」

「え？　あ、いえ……作業も終わった事ですし、……やはりご家族での昼食の時間を邪魔してはと思いまして……」

後退《あとずさ》るゾフィナ。

「なぁに、他人行儀な事を言っているのよ」

リースはそんなゾフィナの首に腕を回す。

「前にも言いましたけど、あなたはもう我が家の家族の一員なのです！　遠慮などしなくていいのですよ」

ゾフィナに向かってにっこり微笑んだ。

「た、確かにそう言っていただけましたが……」

その言葉に、ゾフィナは表情を強張らせていた。

「なによもう！　遠慮しないでいいって言ってるでしょ！」

リースがゾフィナの頭に手を置いてブンブンと揺さぶっていく。

そんな二人の様子を、フリオは少し離れた場所から見つめていた。

（……リースってば……）

視線の先では、お尻に牙狼《がろう》の尻尾を具現化させたリースが嬉しさを激しく表すように、尻尾をブンブンと振っていた。

（……リースってば、ゾフィナさんも我が家の戦力に取り込む事をあきらめていないんだ……）

リースの意図を察したフリオは、その顔に苦笑を浮かべ続けていた。

◇ホウタウの街・フリオ宅内◇

昼食が終わってからしばらく後……

ホウタウの街中から延びている街道は街の外へと続いており、その先にはフリオの家がある。

その街道を、一体の魔人形が歩いていた。

その魔人形は、手に紙袋を抱えていた。

その紙袋には、

『カルチャ飲物店』

の文字が、独特な飾り文字で印字されている。

このカルチャ飲物店……

フリース雑貨店の中でカルシームとチャルンが中心になって経営している飲み物と軽食のお店である。

その紙袋を抱えた魔人形が扉の前に立つと足元に魔法陣が展開し、その体が魔法陣の中に吸い込まれていく。

◇？？？◇

とある一室の入り口付近に、魔法陣が展開していく。

その中から、先程の魔人形の姿が出現した。

その存在に気がついたエリナーザは、魔人形から紙包みを受け取ると、

「いつもお使いありがとう。しばらく休んでね」

笑顔で魔人形に声をかけた。

魔人形は一礼すると、部屋の横に設置されているドアへ向かって歩いていく。

扉を開けるとその先は作業場になっているらしく、魔人形と同じ姿形をしている魔人形達が忙しそうに作業を続けていた。

その部屋の中へ入った魔人形は扉を閉める。

それを確認したエリナーザは、

「さ、パパ。食後の飲み物でもいかが？　私、カルチャ飲物店の飲み物が気に入っているの」

紙袋から取り出したカップの一つを、側《そば》に立っているフリオへ手渡した。

「ありがとうエリナーザ」

フリオが笑顔で受け取る。

それを確認すると、エリナーザももう一つのカップを手に取った。

カップを手にしているフリオとエリナーザの姿は、とある一室の中にあった。

飲み物を口に運んだフリオは、部屋の中を見回していた。

「ここって、エリナーザの作業部屋だと思うんだけど……」

「ええ、そうよパパ。私の作業部屋。最初は私の部屋の中だったんだけど、あれこれ作業をしたり、いろんな魔導書なんかを収集していたら手狭になっちゃって。今はここに設置しているの」

フリオの言葉に、にっこり笑みを浮かべる。

その言葉にフリオは首を傾げる。

「それはわかったんだけど……エリナーザ、ここって、どこなんだい？　クライロード球状世界の中じゃあないような気がするんだけど……」

「さすがパパね。この間この部屋に来たリスレイやベラノさんは気がついていなかったのよ。あ、でも、大丈夫。私が常設している魔法扉でしっかりと固定してあるから、クライロード球状世界から離れてしまう事はありえないの。クライロード球状世界の外側に、衛星のような形で一定の距離を取って存在している小型の球状世界みたいな空間なの」

そう言って窓を開ける。

外には魔法防壁が展開され、その外には無数の球状世界が見えている。

巨大ではあるものの、それぞれの球状世界とはしっかり距離を保っているため、小さく見えている。

その光景を見つめながら、フリオは感心した表情を浮かべる。

「……驚いたな……てっきりエリナーザの精神世界の中に作業空間を構築しているんだと思っていたんだけど、まさかこんなところに……」

「私も最初はそうしようと思ったの。でも、私は、パパやヒヤさんのように精神世界を構築する事が出来なかったみたいなの。それに近い存在は出来たんだけど、どれも一時的にしか存在を維持出来なくて……それで、この方法を試してみたんだけど、うまくいってよかったわ」

エリナーザは悪戯っぽく笑って胸を張る。

「すごいなエリナーザは……よくこんな方法を思いついたね。パパには想像も出来なかったよ」

「あら、そんな事はないと思うわ。私に出来たのだから、パパにもこういった世界を構築する事は簡単に出来るはずよ。私は、たまたまその方法を知っていて、それに必要なものを準備出来たから、こうしてパパより早く作業部屋《こ　こ》を作る事が出来ただけなの」

フリオの言葉に嬉しそうに笑う。

嬉しさゆえか額に宝珠が出現し、柔らかな輝きを発していた。

その言葉に、ふとフリオは先程の事を思い出した。

「……そういえば、さっき魔法防壁の修繕作業をしていた時に、何か変な言葉を言ってなかったかい？」

その言葉を聞いたエリナーザは、一度飲み物を口に運んだ後、少し上目使いに天井を見上げると、

「ひょっとして……球状世界衝突《インカーション》の事かしら？」

そう、フリオへ答えた。

「そう、それなんだけど……言葉からして、尋常でないというか……何か大変な事じゃないかと思ってさ……」

フリオの言葉を聞きながら、再び飲み物を口に運ぶ。

それは、説明すべきかどうか思案しているようにも見えた。

しばし、その状態で思考を巡らせていたエリナーザは、

「……そうね、パパには説明しておいた方がいいわよね」

そう言うと、両腕を天井に向かって伸ばす。

その先に球状の物体がいくつも出現し、エリナーザの頭上を浮遊していた。

「これが球状世界の状態をわかりやすく具現化した状態なの。こんな感じで私達が暮らしているクライロード球状世界をはじめとした多くの球状世界は、同じ空間を浮遊し、移動しているんだけど……その動きって、不確定要素が大きいの……例えば、球状世界の重力によって、引き寄せられたり、その逆で弾《はじ》かれたり……それが、球状世界の運行に支障がない範囲であれば問題ないんだけど……今のクライロード球状世界は、魔法防壁が破損した影響で、その運行に著しく支障をきたしている状態なの」

エリナーザが指さした一つの球状世界の球体から、その周囲を覆っている球状の物体、魔法防壁

が消滅していく。

その途端に、魔法防壁を失った球状世界は激しく左右に動きはじめた。

その状態がしばらく続くと、そのまま近づいてきた球状世界に衝突した。

「……これが、球状世界衝突《インカーション》」

エリナーザが指さしている先で、衝突した二つの世界はゆっくりと崩壊し、ほどなくしてどちらの世界も跡形もなく消滅してしまった。

「なるほど……世界が衝突する……球状世界衝突《インカーション》が起きると、衝突した世界がどちらもなくなってしまうって事なんだ」

フリオの言葉に頷くエリナーザ。

「今のクライロード球状世界は、何度も魔法防壁が破損した影響で、本来の軌道からかなり外れているの。ゾフィナさんやこの世界を管理している女神様達は、魔法防壁を修理する事によって、クライロード球状世界の軌道を元に戻そうとしているみたいなんだけど……神界から軌道を修正するのって結構大変みたいなの、神界と球状世界って離れているから、微調整が難しいみたいで……結局失敗したって事例の報告もあって」

フリオは腕組みしつつ、エリナーザの説明を聞く。

その頭上を移動している球状物体を見つめながら、しばらく思考を巡らせていたのだが、

「エリナーザ……一つ聞いてもいいかい?」

「えぇ、もちろんよパパ」

「エリナーザは、球状世界の運行や、その事故の事についてもとても詳しいみたいだけど、その知識はどこで得たのかな？」

にっこり微笑みながらエリナーザを見つめる。

一方のエリナーザは笑顔のまま固まってしまっていた。

（……し、しまった……どうしよう……神界の図書館や資料館にこっそり忍びこんで、所蔵されている書籍や書類を片っ端から魔法で複製して持ち帰って研究した結果です、って、本当の事を言ったら、絶対に怒られちゃう……ゾフィナさんが相手なら知らぬ存ぜぬで通せない事もないんだけど、パパにはその内容をきっちりと説明しないと、納得させる事が出来ないし……）

笑みを浮かべたまま言葉を失ったエリナーザをしばらく見つめていたフリオは、一度小さく息を吐くと、

「……わかった。エリナーザの言う事だしね。これ以上は何も聞かずに、その言葉を信じるよ」

フリオの言葉に、エリナーザはぱぁっと表情を輝かせる。

「ありがとう！　だからパパ、大好き！」

そのまま、フリオに抱きついた。

そんなエリナーザを優しく抱き寄せる。

「……それで、エリナーザ。こんな話をしたって事は、最悪の事態である球状世界衝突《インカーション》を回避出来

る方法を知っているって事なんだね」

「そうなのパパ。それにはどうしてもパパと、もう一人の協力が必要なの」

「わかった。それで、もう一人って、いうのは？」

「その人は私が連れてくるから、予定どおり地下世界ドゴログマへ行ってくれるかしら」

「地下世界ドゴログマには元々行く予定だったし、それは問題ないよ」

「ありがとうパパ。それじゃあ準備にとりかかるわね」

そう言うと、部屋の奥へ向かって駆け出す。

「あ、エリナーザ……」

そんなエリナーザをフリオが呼び止めた。

「何かしら、パパ？」

「うん、ちょっとお願いというか、約束してほしいっていうか……あのさ……今後、何かする時には、なるべく事前に、パパにも相談してくれるかい……例えば、こっそり神界に行く時とか……」

フリオの言葉に、エリナーザは再び笑顔のまま固まった。

（……ばれてるわ……パパには絶対にばれてる……）

困惑しながら、どうにか頷く事しか出来ないエリナーザだった。

◇地下世界ドゴログマ◇

数日後……

フリオとエリナーザの姿は、地下世界ドゴログマにあった。

エリナーザの右手には、薬草を収集するのに使用しているガントレットが装着されている。

「このガントレットには、地下世界ドゴログマのどこでどんな薬草を採取したか記録してあるんだけど、それ以外にもガントレットが感知した魔力や鉱石の反応なんかも一緒に記録出来る仕組みになっていて……」

ガントレットを装着している右腕を前方に伸ばしたまま、ドゴログマの上空を飛翔《ひしょう》する。

「へぇ、そんなものまで作っていたんだ」

「えぇ、神界の……じゃなくって、色々と頑張って研究して作り出したのよ。まだ試作品だから増産は出来ないんだけど」

慌てた口調で説明するエリナーザの様子に、フリオは思わず苦笑する。

(……エリナーザが神界の書物を所有しているらしいのは、もうわかっているけど……本人が話したがっていないうちは、あまり追及しない方がいいか)

内心でそんな事を考えながら前方へ視線を向ける。

「えっと……反応を探知したのは、この先の——そう、あのあたり」

そのまましばらく飛翔を続けていたエリナーザは、渓谷の一角を目指す。

「……あった、これよ」

渓谷の中を進んでいたエリナーザが、ぱぁっと表情を明るくした。

「これは……お城？」

フリオもまた、エリナーザの視線の先へ視線を向ける。

そこには大きなお城の姿があった。

「そう、お城……このお城は『神界城』っていって、神界の女神様が、球状世界の運行を行っている部屋と同じ機能を有しているの」

「なんでそんなものが、地下世界ドゴログマ《こんなところ》にあるんだい？」

「それは私にもわからないんだけど……どうも、このお城って、オリジナルではないみたいなの」

「オリジナルじゃない？」

「えぇ、模倣する能力を持った何者かが、神界にあったお城を模倣して作り出したものみたいなの」

ガントレットをはめた手で神界城に触れるエリナーザは、ガントレットが収集している情報を読み取りながら、それをフリオに伝えていく。

「なるほど……模倣か……」

神界城を見上げながら、フリオもまた神界城に手をあてた。

すると、その眼前に、

『神界城の構造図の一部を入手しました（コピー元が不完全な模倣品のため一部しか入手出来ませんでした）』

そう書かれたウインドウが表示された。

「……エリナーザ、この神界城って、不完全な状態みたいだけど……大丈夫なのかな？」

「あら？　さすがパパ！　そんな事までわかってしまうのね！」

フリオの言葉に笑顔を輝かせる。

「でも大丈夫。そのために、わざわざこの人に同行してもらったのよ」

そう言ってエリナーザが後ろを振り向く。

視線の先に立っていたのはテルビレスだった。

「……あのぉ……呼ばれてきたのはいいのですけどぉ、私は一体何をすればよいのでしょうか？」

エリナーザの視線にテルビレスは困惑した表情を浮かべている。

「あ、あのぉ……役に立たないからって、地下世界ドゴログマに放逐されちゃうとか、そ、そんな事はないですよね……えへ、えへ……」

露骨に媚《こ》びた笑みを浮かべた。

そんなテルビレスに、エリナーザはにっこりと笑いかけた。

「そんなに警戒しなくても大丈夫よ、今日はとりあえずこのお城の中に入ってくれるだけでいいから」

◇◇◇

ほどなくして……

神界城の中に入ったフリオ達三人は、城の最上階にあたる部屋へ移動していた。

「さぁ、ここよ。テルビレスさん、ここに座ってくれるかしら？」

エリナーザが部屋の中央にある椅子を指さす。

「……あの、えっと……ほ、本当に座るだけでいいんですか？」

「いいからいいから、さぁ早く座って座って！」

満面の笑みを浮かべながら、テルビレスの背中を押す。

そのまま椅子まで移動したテルビレスは、恐る恐る椅子へと腰掛ける。

「……えっと……な、何も起こりませんね……」

おずおずと周囲を見回す。

エリナーザは、そんなテルビレスの横で、地面から突き出している棒状の物体に右手のガントレットをあてている。

ガントレットから流れ込んでくる解析情報を頭の中で整理し、しばらくブツブツと呟《つぶや》いていたが、

「……うん、大丈夫……破損していた回路は無事に修復されたみたい……後は、ここに魔力を注ぎ

込めば……」

エリナーザの額に宝珠が出現し、光り輝く。

同時に、ガントレットも輝きを帯び、次いでガントレットで触れている棒状の物体も輝き出した。

それを合図に、
ゴゴゴゴ……

神界城が振動しはじめた。

「ひぃ!? な、なんなんですかこれって……本当に大丈夫なんですか!?」

テルビレスが椅子に座ったまま頭を抱える。

魔力の操作に集中しているためか、エリナーザはテルビレスの言葉に応える事なく、固く目を閉じ、詠唱を続けている。

エリナーザの詠唱に呼応するように振動を続けていた神界城。

その振動が、ふいに止まった。

「……何が起きたんだ?」

不思議そうな表情を浮かべながら、フリオが窓の方へ視線を向ける。

窓の外には、先程までの渓谷ではなく、ドゴログマの空が映し出されていた。

「浮遊した!?」

慌てて窓に駆け寄る。

視線の先、窓の外には見渡す限りの空が広がっていた。

地下世界ドゴログマの空は虹色が不安定に漂っている。

その不思議な光景が、窓の外いっぱいに広がっていた。

そんな中、神界城はぐんぐんと上昇し続けている。

部屋の中で詠唱を続けていたエリナーザが、不意に目を開けた。

「パパ、よかったら転移魔法を展開してくれない？　このお城をホウタウの街に持って帰りたいの」

エリナーザの言葉に、頷くフリオ。

「そうだね……それじゃあ、とりあえず定期魔導船の修理用のドックに入れておこうか。あそこなら、このサイズのお城でも余裕で入るだろうし」

そう言って両手を神界城に向けて伸ばす。

詠唱すると、神界城の上空に大きな魔法陣が展開しはじめた。

上昇を続けていた神界城は魔法陣の中へ吸い込まれ、そのまま姿を消した。

◇ホウタウの街・ブロッサム農園◇

「な、なんだありゃ……」

農作業をしていたブロッサムは、周囲に急に影が落ちたため上を見上げた。

その視線の先には魔法陣から出てくる大きな城の姿があった。

それは上部こそお城なものの、下部は岩盤から引っこ抜かれたような状態になっていた。

大型魔導船と同じくらいのサイズのその城は、ゆっくりと上空を移動しながら、やがてフリオ家の隣にある大きな山の中へと消え去っていった。

この山は、フリオの隠蔽魔法によって木々が茂っているように見えるのだが、実際には、山肌の大部分が削られており、その中が、定期魔導船のドックになっていた。

各地を巡回していた魔導船がその日の運航を終えると、全てこの山に帰ってくる。

その一角が修理用のドックになっており、修理が必要な魔導船がない時は空になっているのである。

その修理用のドックに、神界城がゆっくりと着地していく。

神界城の部屋の中で、エリナーザは今もガントレットを棒状の物体にあてがったまま、詠唱を続けていた。

「……この調子だと、今のところは調整をする必要はなさそうね……先日までは一つの球状世界と球状世界衝突《インカーション》を起こしそうになっていたんだけど、魔法防壁が修繕されたおかげで運行軌道が修正されたみたい」

安堵《あんど》のため息を漏らすと、ガントレットを棒状の物体から離した。

額の宝珠も輝きを失って消えた。

再度、大きく息を吐き出すと、

「ここに神界城《これ》があれば、今後魔法防壁が破損しても、かなり簡単に修理出来るようになるし、万が一球状世界衝突《インカーション》が起きそうになっても、運行経路を移動させる事が出来るから安心ね」

エリナーザがにっこりと微笑む。

しかし、その顔は若干青白く、体は小刻みに震えていた。

（……エリナーザ……笑顔を浮かべてはいるけど、相当無理をしたんじゃないか……と、いう事は、それほど球状世界衝突《インカーション》が実際に起きそうだったって事なんじゃ……）

フリオはエリナーザにそっと寄り添った。

エリナーザはそんなフリオに再び笑顔を向ける。

「ありがとうパパ。パパが転移魔法を使ってくれたおかげで、神界城をここまで誘導する事が出来たわ……転移魔法がなかったら、ちょっと危なかったかも……」

そこまで口にしてフリオの胸に倒れ込む。

そんなエリナーザを、フリオはしっかりと抱き留めた。

「お疲れ様、エリナーザ。すぐに家で休ませてあげるからね」

エリナーザをお姫様抱っこすると、飛翔魔法で飛び上がり、窓から外へと移動する。

（……誰も知らない中で、世界が消滅するかもしれない事実に気がついて、どうにかしてそれを回避しようと頑張っていたなんて……）

腕の中で、エリナーザはすでに眠りについていた。

そんなエリナーザの寝顔を見つめながら、家へ向かって急ぐ。

二人の姿は、程なくして家の中へ消えていった。


そんな二人を、テルビレスは椅子に座ったまま見送っていた。

「え、えっと……わ、私はどうしたらいいのでしょうかぁ……許可なく椅子から立ってもいいのでしょうかぁ……でも、ダメだったら、また怒られちゃうしぃ……誰か助けてくださぁい……」

テルビレスが心細そうに震えた声をあげる。

しかし、定期魔導船が出払っている今の時間帯では、その声に気付く者はいなかった。

この一刻後……テルビレスの存在を思い出したフリオによってテルビレスも無事家に帰る事が出来たのだった。

エピローグ 8

◇ホウタウの街・フリオ宅◇

フリオ宅の二階の奥にエリナーザの部屋がある。

ドアを開けて中に入ると一部屋しかなく、大きめの室内にはこぢんまりとしたベッドと机が一つずつだけというシンプルな部屋。

その奥には一つの扉がある。

外から見た建物の構造から、その扉は家の外に向かって取り付けられている。

そんな扉の奥から、エリナーザの声が聞こえていた。

「さぁ、リヴァーナ。この状況で相手の魔獣に対処するのに最適の魔法は何かしら？」

机の脇に立っているエリナーザは、椅子に座っているリヴァーナに優しい声で話しかける。

エリナーザは作業の際にいつも身につけている野暮ったい魔法着を身につけ、丸眼鏡をかけていた。

リヴァーナは、青と白を基調とした衣装に身を包み、机上の書物へ視線を向けたまま、眉間にシワを寄せていた。

フリオ家の一員となったリヴァーナが、

『今までまともに学んだ事がないから、本格的に勉強をしたい……特に、魔法の……』

と望んだ事で、エリナーザが勉強を見てあげていた。

エリナーザの前では、リヴァーナが書物に描かれた絵をジッと見つめている。

「……えっと……状況は、この絵、よね？」

「えぇ、そうよ。もう少しわかりやすくすると……」

エリナーザが右手を振ると、書物に描かれた絵の内容が立体的に現れる。

そこには、湖の中から首をもたげている巨大な魔獣と相対している魔導士の姿が映し出されていた。

その状況を見つめ、リヴァーナが腕組みする。

「……魔導士の魔力の残量……周囲への影響……魔獣の耐久力……それらを考えたら」

思案を巡らせた後、右手を握り締める。

その拳を、具現化している魔獣に向かって一直線に叩《たた》き込んだ。

「……拳で……一撃」

拳により、立体化された魔獣の姿が消え去った。

それを見て満足そうに頷《うなず》いたリヴァーナはドヤ顔を浮かべる。

そんなリヴァーナに、

「はい、不正解」

エリナーザが呆《あき》れた口調でため息を漏らす。

「で、でも……これが一番効率的で……」

「この問題は『一般的な魔導士対C級魔獣の対戦における最も有効な対処魔法』を求める問題よ。あなたの解決方法は、あなたにしか出来ないやり方じゃないかしら？」

「……あ、そっか……」

エリナーザに指摘され、慌てた様子で口元を押さえる。

そんなリヴァーナの様子に、苦笑するエリナーザ。

「さ、それを踏まえた上で、次の問題をやってみましょう」

優しい口調でそう言って本のページをめくる。

（……リヴァーナってば、今まで同族である水龍族の大人達《たち》からしか学んでいないからか、なんでも力で解決しようとする傾向が強いのよね。でも、魔法の素質はあるみたいだし、今からでもしっかり勉強すればいい線いくと思うのよね。本人もやる気だし）

そんな事を考えているエリナーザの視線の先で、リヴァーナは本の内容を食い入るように読んでいた。

元々表情が乏しいリヴァーナだが、その顔には新しい事を学べる事に対する喜びの色が見て取れた。

そんな二人の後方……

扉の端から、ワインが顔をのぞかせていた。

「む〜……まだ、勉強するの？　するの？」

ワインは頬を膨らませ、退屈そうな表情を浮かべている。

そんなワインに、エリナーザが肩越しに視線を向けた。

「ワイン姉さん。リヴァーナの勉強の邪魔をしないように声をかけるのを我慢してくれているのは嬉《うれ》しいわ。でも、もう少し我慢してもらえませんか？　遊ぶのは勉強の時間が終わってからに……」

エリナーザはそう言ったところで、椅子に座っているリヴァーナが、相変わらず無表情ではあるものの、お尻のあたりから具現化した龍の尻尾が高速で振られている事に気付いた。

表情にこそ表れていないものの、ワインと遊びたいという意思の現れだった。

その様子に、思わず苦笑が漏れる。

「……そうね、リヴァーナもしっかり勉強していたし、ここらで少し休憩しましょうか」

「い、いいの？」

エリナーザの言葉に、リヴァーナが椅子から立ち上がる。

「わ〜い！　遊ぶ！　遊ぶ！」

部屋の中に飛び込んできたワインがリヴァーナに抱きついた。

「ち、ちょっと、ワイン……苦しいってば」

そう口にしたリヴァーナだが、その尻尾は嬉しそうに左右に振られていた。

「あはは！　いいじゃん！　いいじゃん！　遊ぼ！　遊ぼ！」

そんなリヴァーナに抱きついたまま、満面の笑みのワイン。

そんな二人を、エリナーザは笑顔で見つめていた。

◇その日の夜・フリオ家のリビング◇

フリオ家は、朝食と夕食は毎日一緒に食べている。

フリオ宅の一階にある大きなリビングに、大きなテーブルが置かれており、そこに全員が一堂に会して食事を食べるのが毎日の日課だった。

お昼は皆それぞれに仕事をしている事もあり、希望する者の食事をリースが準備して振る舞っている。

この日の夜も一同が揃《そろ》っての夕食が終わり、ある者はお風呂に向かい、またある者は自室に戻りと、思い思いの行動をしていて、リビングには数人の姿が残っているだけだった。

「……と、いうわけで、リヴァーナなんだけど、ホウタウ魔法学校に通わせてあげたらどうかと思っているの」

お茶の入ったカップを口に運びながら、エリナーザが口を開いた。

そんなエリナーザの向かいに座っているフリオは、

「確かに、リヴァーナは今まで地下世界で同族の人達としか交流がなかったから、人と人との交流経験が圧倒的に不足しているしね」

エリナーザの言葉に、納得したように頷く。

フリオの脳裏には、先日のバーベキューの光景が浮かんでいた。

バーベキュー会場でのリヴァーナは、積極的に近寄ってくるワイン以外とはほとんど会話する事もなく、常に物陰か湖の中で過ごしていた。

「勉強を教えるだけなら今のままでもいいんだけど、ワイン姉さんと遊ぶのも大好きだし……とはいえ、遊び相手がワイン姉さんだけというのも、今後のリヴァーナのためにならないんじゃないかと思うの」

エリナーザがそこまで口にすると、リビングの奥に設置されているサベアの小屋の中からリルナーザがガバッと立ち上がった。

「はい！　私もリヴァーナちゃんと遊ぶの大好きです！　ワインお姉ちゃんだけじゃありません！」

大きな声をあげてリルナーザが手を上げる。

その後ろでは、狂乱熊《サイコベア》姿のサベアと厄災の熊であるタベアの二頭も、

『バホ！　バホ！』

『バホ！　バホ！』

嬉しそうな声をあげて何度も頷いた。

その足元で、シベアを筆頭にしたサベア一家のみんなが賑《にぎ》やかに飛び跳ねている。

そんなリルナーザ達の様子に、エリナーザが思わず苦笑をこぼす。

「別に、リルナーザ達がリヴァーナと遊んでいないと言っているわけじゃないのよ。学校に通って、もっとたくさんの人達と接するのも大事だと思っているの。とにかくリヴァーナは人と接してこなかったから、コミュニケーション能力がかなり低いからね」

リルナーザにそう語りかける。


そんなエリナーザの様子を、リスレイがびっくりしたような表情で見つめていた。

（……ホウタウ魔法学校時代、誰とも交流しようとしなかったせいで、クールビューティって言われていた、あのエリナーザちゃんがこんな事を言うなんて……なんかちょっと感動なんだけど）

「そういう事でしたら、学校でもリヴァーナちゃんと一緒に、みんなともっともっと仲良くなります！」

エリナーザの言葉に、リルナーザが笑顔で頷く。

リルナーザは、魔獣使いの能力を活《い》かしてホウタウ魔法学校で飼育している魔獣達のお世話を担当しながら、生徒としても通学している。

エリナーザ達がそんな会話を交わしていると、そこにゴザルが歩み寄ってきた。

「そういう事なら、我が子、フォルミナとゴーロも一緒にホウタウ魔法学校へ入学させてもらおうか。二人にも人と人とのコミュニケーションを勉強させるのにもいい機会だしな」

「そうですね。年齢的にもちょうどいい頃合いですし……そういう事なら……」

ゴザルの言葉に頷いたフリオは、

「カルシームさんのところのラビッツちゃんも一緒に入学させてあげたらいいのでは……」

そう答える。

そんなフリオの言葉にゴザルが苦笑した。

「あの娘を入学させるとなると、毎日カルシームも通学せねばならなくなるのではないか？」

そんな会話を交わしている室内に、カルシームが入ってきた。

「おや？　皆様集まって、何かご相談ですかな？」

顎の骨をカタカタ鳴らしながら笑うカルシームの頭上には、娘のラビッツが乗っかっていた。

小柄なカルシームよりもすでに大きくなっているラビッツだが、その体を器用に折りたたむようにしてカルシームの頭上に抱きついていた。

その光景を前にして、フリオは、

「……そうですね。カルシームさんがお仕事の間は離れてくれるようになりましたけど、それでも二刻以上離れる事は出来ませんし……今回は見送りですかね」

その顔に、いつもの飄々《ひょうひょう》とした笑みを浮かべた。

「ふむ？　言葉の意味はよくわかりませぬが、とにかくラビッツがまだまだ甘えん坊なのは事実でございますな」

カルシームはそんな言葉を口にしながら、室内の一同を見回した。

◇数日後・ホウタウ魔法学校◇

ホウタウ魔法学校の教室の一つ。

朝礼がはじまったばかりの教室内。

その教壇には、ベラノが立っていた。

「……き、今日からみんなと一緒に勉強する事になったみんなです」

そう言って自分の横に並んで立っている生徒達へ視線を向ける。

「……私、リヴァーナ……」

リヴァーナが抑揚のない声でそう言い、少し頭を下げる。

「は〜い！　はい！　はい！　私、フォルミナ！　みんなよろしくね！」

リヴァーナとは対象的に、フォルミナは満面の笑みで両手を振った。

ゴーロはそんなフォルミナの服の裾をつまんでモジモジしている。

「ほら、ゴーロもちゃんと挨拶しなさい！」

「……え、えっと……」

「もう、ゴーロってば、私がいないとダメダメなんだから。えっとね、この子はゴーロ。私の弟なの！　みんなよろしくね」

そう言ってゴーロの背を押し、前に押し出す。

自らの意思と関係なく前に出る事になったゴーロは、恥ずかしさから顔を真っ赤にしつつも、

「……ど、どうも……よ、よろしく」

小さくそう言ってペコリと頭を下げた。

◇ホウタウの街・ホウタウ魔法学校◇
ホウタウ魔法学校の応接室にて。

フリオとリースは並んでソファに座っていた。

「では、今日から子供達の事をよろしくお願いいたします」

リヴァーナ達を連れてきていたフリオは笑顔で頭を下げた。

「いえいえ、子供達を受け入れるのはホウタウ魔法学校として当然の事ですし、お礼など必要ありませんよ」

ホウタウ魔法学校の事務員であるタクライドは、満面の笑みをフリオに返しながら、応接室の机

の上にお茶の入ったカップを並べていく。

「あ、いえいえ、お気遣いなく」

フリオはいつもの飄々とした笑みで手をひらひらと振った。

「で、今日は子供達の件以外で何かお話があるそうですけど？」

フリオの隣でリースが首を傾《かし》げた。

「えぇ、その事なんですけどねぇ……」

タクライドの隣に座っている、ホウタウ魔法学校の校長ニートが、紅茶の入ったカップを口に運んだ。

「フリオ殿に、この学校の保護者会の会長になって頂きたいと思っておりましてねぇ」

「保護者会の会長、ですか？」

ニートの言葉に目を丸くする。

「なんでまた急にそんな事を？　ガリルやエリナーザが通学していた時にはそんな話はなかったではありませんか？」

リースもまた怪訝《けげん》そうな表情を浮かべている。

「あぁ、それなんですけど……」

リースの言葉を受けて、タクライドが口を開いた。

「最近、クライロード魔法国の各地にある学校が認可制になったのはご存じでしょう？」

「あ、はい、それについては承知しています。なんでも、入学金だけぼったくって、まともな授業を行わない学校が各地に頻発しているとかで、その対策って事なんですよね？」

「えぇ、まさにそのとおりなんですけど……」

「それがねぇ……その悪質な学校の関係者の多くが魔族みたいでねぇ……学校関係者の中に魔族がいるってだけで、よくない噂《うわさ》が流れたりするのよねぇ……」

そこまで口にして、ニートは大きくため息を漏らす。

「なるほど……そんな関係者を、保護者会の会長がしっかり見張っているという体制を取りたい、と、言うわけですか？」

「ご名答！」

フリオの言葉に、ポンと手を叩くタクライド。

「フリオさんなら、クライロード魔法国だけでなく周辺国家にも名前が知れ渡っているフリース雑貨店のトップの方ですし、そんな方が保護者会の会長として、学校の運営に眼《め》を光らせているとなれば、校長が元魔王軍の四天王であったとしても、文句を言う人はいないだろうと思いましてね」

タクライドの言葉を聞いたリースは、呆れたような表情をその顔に浮かべた。

「そんな理由で、ただでさえお忙しい旦那様に、新しい仕事を押しつけようだなんて……なんて図々《ずうずう》しいのかしら」

「いや、まぁ……フリオ様がお忙しいのは重々承知しているんですけど、そこをなんとか……お願い出来ないでしょうか？」

タクライドが土下座せんばかりの勢いで頭を下げる。

「頭を上げてくださいタクライドさん。このお話ですけど、ありがたく受けさせて頂こうと思います」

「ほ、本当ですか！」

タクライドが歓喜の声をあげる。

その隣で、ニートもまた満足そうに何度も頷いていた。

◇◇◇

しばらくあと。

フリオとリースは、学校を後にしていた。

二人は校門を抜け、街道を歩いていく。

「旦那様ってば、あのようなお仕事を簡単に受けたりして……本当によかったのですか？」

「そうだね……今より、もっと忙しくなるかもしれないけどさ……僕達の子供が通ってきた学校が困っているのなら、力になってあげたいじゃないか」

「それはそうですけど……」

頷きながらも、リースの頬は不満そうに膨らんでいた。

そんなリースの耳元にフリオがそっと囁《ささや》く。

「それに、さ……僕達に新しい子供が出来たとして、ホウタウ魔法学校に通う事になった時に、色々と問題が起きていたら、いやじゃない？」

その言葉に、リースの頬が赤く染まっていく。

「そ、そうですわね！　確かに旦那様の言うとおりですわ！　このリース、完璧に納得いたしましたわ！」

歓喜にも似た声をあげ、何度も頷く。

そんなリースを見つめながら、フリオはいつもの飄々とした笑みを浮かべた。

「じゃあ、僕達の家に帰ろうか」

「はい！　帰りましょう、私達の家に」

互いに頷き合い、街道を歩いていく二人。

その街道は、フリオの家に向かって延びている。

◇とある森の奥深く◇

近くに小さな村がある以外、特にこれといった変哲のない森。
その森の入り口付近に、こぢんまりとした村があった。
その村は、辺境にしては割と大きめであり、街道も何本か通っている。
そのためか、村の中は多くの人の往来があり、かなりの賑《にぎ》わいをみせていた。
そんな村の一角に、真新しい建物があった。
その建物には、
『オウミヤ騎士養成学校』
と書かれている看板が掲げられていたのだが、
ドッゴ～～～～～～～～～～ン！
すさまじい音響とともに、建物の屋根が吹き飛んだ。
その中から顔を出したのは、双頭鳥《そうとうちょう》姿のフギー・ムギーだった。

――フギー・ムギー。

魔王ゴウル時代の四天王の一人である双頭鳥《そうとうちょう》が人族の姿に変化した姿。

魔王軍を辞して以後、とある森の奥で、三人の妻とその子供達《たち》と一緒にのんびり暮らしている。

フギー・ムギーは金色に輝く巨大な双頭をくねらせながら、建物を木っ端微塵《こ ぱ み じん》にしていく。

『この詐欺師共なりがぁ！　村のみんなをだますなんて許さないなりよぉ！』

双頭で咆哮《ほうこう》しながら、建物を破壊し続ける。

そんな中、建物の出入り口から数人の女性が、生徒らしき子供達を連れて避難してくる。

「シーノ！　マート！　フーちゃんが頑張ってくれている間に、みんなを避難させるよ！」

先頭を走っているカーサが、後方に向かって声をかけた。


――カーサ。

元農家の娘。

人の姿のフギー・ムギーに一目ぼれし、猛アタックの末、妻の座を射止める事に成功し、今は森の中の小屋で他の二人の妻と一緒に暮らしている。


カーサに続いて、シーノも子供達を避難させていく。

――シーノ。

カーサと同じ村で暮らしていたシスターの女性。

カーサ同様にフギー・ムギーに一目ぼれし、今は妻の一人として一緒に暮らしている。

普段は、村で怪我人《けがにん》や病人の治療を行っている。


元シスターらしく、黒を基調としたシスター服に身を包んでいるシーノは、周囲を見回し、逃げ遅れている子供がいないかどうか確認しながら進む。

「子供達はみんな脱出出来ているみたいですけど、それよりも、マートさんが遅れているようですが……」

心配そうなシーノの言葉に呼応するかのように、窓を割って飛び出してきたのはマートだった。


――マート。

森の中で山賊に襲われそうになっていたところをフギー・ムギーに救われた商人の女性。

助けられた恩を返すためにフギー・ムギー達と一緒に暮らしているうちにフギー・ムギーの事を好きになり、妻の一人として一緒に暮らしている。


「遅れてごめんなさい。みんながだましとられていた入学金を取り返してきたの」

そう言ってマートが右手を上げる。

その手には大きな布袋が握られており、中に札束が詰まっているのは明白だった。

そんなマートの後を、二人の女が追いかけてくる。

「そ、そのお金は、アタシ達のものコン！」

「大人しく返すココン！」

それは、魔狐《まぎつね》姉妹こと金角狐《きんつの》と銀角狐《ぎんつの》の二人だった。

騎士養成学校を意識してか、いつものチャイナ服ではなく甲冑《かっちゅう》姿の二人は、マートを左右から挟み込むように追いかける。

そんな二人の元に、フギー・ムギーが駆けていく。

『魔狐姉妹！　お前達がニセ学校を作って入学金を持ち逃げしているのはとっくの昔に情報を得ているなりよ！』

フギー・ムギーが魔狐姉妹の二人を踏み潰そうとする。

「ち、ちょっと、なんでこんな辺境に、元魔王軍四天王のフギー・ムギーがいるコン」

「こ、こんなの聞いてないココンよ」

どうにかして入学金を取り返そうとする魔狐姉妹だったが、フギー・ムギーの動きが巨体に見合わず俊敏なためそれどころではなかった。

「き、金角狐《きんつの》姉様、こ、このままじゃあやばいココン……」

「し、仕方ないコン……悔しいけど、ここは戦略的撤退コン」

忌々しそうに舌打ちしながら互いに顔を見合わせた二人は、甲冑を脱ぎ捨てるとその姿を魔狐のそれに変化させていく。

「いくらお前が素早くても」

「この姿になったアタシ達には追いつけないココン」

そう言うが早いか、金色と銀色の体毛の魔狐に変化した二人は、互いに距離を取りながら森の中へと駆け込んだ。

『そう簡単には逃がさないなりよぉ』

フギー・ムギーはそんな二人をさらに追いかけ、森の中へと入っていく。


そんなフギー・ムギーの後ろ姿を、避難を終えたカーサ・シーノ・マートの三人が見つめていた。

「はぁ……やっぱフーちゃんってば格好いいなぁ。いつもの姿も格好いいけど、魔獣の姿もすっごいわ……」

「本当に……思わず惚《ほ》れ直してしまいますわ」

「うんうん、私もお二人の意見に賛成です」

三人は、互いに頷《うなず》き合いながら、森をかき分けるようにして進むフギー・ムギーの勇姿を見つめていた。

「さて、そんなわけで……今夜はそんなフーちゃんをしっかり癒やしてあげないとね。あ、大丈夫、全部私に任せてくれてかまわないから、二人は早く寝ちゃって……」

「ちょっとお待ちください、カーサさん！　それってフギー・ムギーさんとあんな事やこんな事をする気満々って事ではありませんか？　その役目は、シスターである私の方が適任かと思いますので……」

「ちょっと待ってくださいよ二人とも。二人が喧嘩《けんか》するのはフギー・ムギーさんも望まないと思うんですよ。ですので、ここは間をとってこの私が……」

「なんでそうなるの!?」

「なんでそうなるのですか!?」

先程までとは一転して、三人は激しい言い合いをはじめる。

そんな三人に、救出した子供達の中から歩み出てきた三人の子供達が近寄っていく。

「ホント、母さん達ってすっごく仲良しだよね」

「そうそう『喧嘩するほど仲がよい』って言うし」

「父様と、母様達、大好き」

子供達はほっこりとした表情を浮かべながら、三人の言い合いを眺め続けていた。

その向こう、フギー・ムギーは森の中で魔狐姉妹を追跡し続けていた。

◇ホウタウの街・フリース雑貨店◇

この日も、フリース雑貨店は多くの客でごった返していた。

そんな店内の一角、カウンターの端に座っているジャンデレナは、黙々とソロバンをはじき続けていた。

（……闇王の指示で、この店の内情を探りにやってきて一ヶ月……とにかく、この店が儲《もう》かっているっていうのはよくわかったけど……そりゃ儲かるわよね……）

ソロバンをはじきながら、その下に置かれている書類へ視線を移す。

そこには『定期魔導船運航経費及び乗船料収入』と書かれた書類が置かれていた。

（……この店ってば、クライロード魔法国内を網羅する定期魔導船運航網を完璧に構築して安定して運営しているもんだから、そっちの収益も莫大《ばくだい》だし、魔導船で補えない山岳地帯への輸送や魔馬の貸出による収益、さらに、店内で販売している良質で安価な商品の数々……流行《はや》らないわけがないっていうか……流行らない方がおかしいというか……）

ジャンデレナはソロバンをはじく指を止めて腕を組んだ。

（……さて……その収益をどうやって我ら闇商会へ斡旋《あっせん》するかよね……とはいえ、アタシの計算した書類は全て……）

ジャンデレナがそこまで考えを巡らせたところに、

「あ、ジャジャナ。ここにいたニャね」

ウリミナスが笑顔で歩み寄ってきた。

「ふぇ!?　あ、は、はい、ウリミナス様。何かご用でしょうか?」

ジャンデレナは慌てながらも、どうにか平静を装いつつ、ウリミナスに笑顔を返す。


ちなみに、ジャジャナは、フリース雑貨店で働く際に闇商会の関係者だとばれないように使用している偽名である。


「はい、これ」

そう言うと、ジャンデレナに封筒を手渡すウリミナス。

「……あの、これは……」

怪訝《けげん》そうな表情を浮かべながら、ジャンデレナはその封筒を見つめる。

「今日は給料日ニャ。あんたと、ヤーヤーナは勤務して一ヶ月目ニャから、初給料ニャね」

「あ、あぁ、そういえば……今日が給料の……」

ウリミナスの言葉を受けて、改めて封筒へ視線を向ける。

受け取ったばかりの封筒は、かなり分厚い。

ジャンデレナが恐る恐る中身を取り出すと、その中から分厚い札束が姿を現した。

あまりの分厚さに、思わず目を丸くする。

「あ、あの……こ、これは何かの間違いでは……わ、私はまだここで働きはじめて一ヶ月ですし……」

「あんたは有能ニャからニャ。その働きに見合った給料を支払わせてもらっただけニャよ」

「働きに……見合った？」

「そうニャ。フリオ殿も、ジャジャナの働きぶりをすごく評価しているニャよ。アタシも、あんたのおかげで仕事がすっごく楽にニャってるニャし、これからも頑張ってほしいニャ」

ウリミナスは笑顔でそう言って立ち去った。

その後ろ姿を見送りながら、ジャンデレナはその場に立ちつくしていた。

（……働きに見合った……闇商会では『金がないんだから仕方なかろう』の一言で毎月ろくな給料がもらえなかった……それでも、アタシやヤンデレナのように、ろくな力も持たない魔族が生きていくには、そんな仕事でもしがみつかないと……と、思っていたのに……）

ジャンデレナは視線を改めて手の封筒へ向ける。

その手には、かなりの厚さの札束が入っている封筒が握られていた。

しばし思考を巡らせる。

その視界に、喫茶コーナーで、ヤーヤーナとして働いているヤンデレナの姿が入ってきた。

ヤンデレナもまた、ウリミナスから受け取った封筒を手に、びっくりした表情を浮かべていた。

（……これって……闇商会で働き続ける意味って、あるの？……このまま、フリース雑貨店で働き続けた方がお得なんじゃないかしら……いえ、でも……）

内心でそんな事を考えていると、そこにバリロッサが歩み寄ってくる。

「あぁ、ジャジャナ殿、ここにおられましたか」

「は、はいぃ!?」

急に声をかけられ、ジャジャナことジャンデレナは思わず跳び上がって裏返った声をあげる。

「あ、すまない……仕事の最中だったかな?」

「あ、い、いえ……そ、そういうわけでは……」

「そうか、ならよかった」

バリロッサがにっこり微笑《ほほえ》む。

「それで、連絡なんだが……ジャジャナ殿と、カルチャ飲物店で働いているヤーヤーナ殿の二人の歓迎会をしようって話があるのだが……」

「か、歓迎会……?」

バリロッサの言葉にジャンデレナが目を丸くする。

(……こ、これって、歓迎会という名を被《かぶ》った糾弾の場なんじゃないのかしら……私とヤンデレナの素性を疑って、か……最悪、すでにばれていて、大勢で取り囲んで捕縛するための……何しろ、フリース雑貨店《こ》には元魔王軍諜《ちょう》報機関『静かなる耳』の者達が多数所属しているわけだし……)

内心でそんな事を考えているジャンデレナの肩を、バリロッサがポンと叩《たた》いた。

「ここ一ヶ月の貴殿の働きぶりには、私も頭が上がらない。あなたのような有能な方と一緒に働ける機会を得る事が出来て、本当に嬉《うれ》しいのだよ」

満面の笑みを浮かべているバリロッサ。

その瞳には一切の邪気がなく、純粋にジャンデレナを褒め称《たた》えているのが一目でわかった。

（……こ、この方は……ほ、心から私の事を信頼してくださって……）

「……って、おいおいジャジャナ殿、どうかされたのか？」

「……え？」

「いや、いきなり泣き出すから……」

「……え？」

バリロッサに言われて、自分の頬に手をあてるジャンデレナ。

その手を自分の涙が濡《ぬ》らした。

（……この私が……泣いている？……闇商会に入って以降、怒りと憎悪の感情しか持たなかった、この私が……？）

ジャンデレナは自分の感情に困惑していた。

「お、おい、ジャジャナ殿、大丈夫か？」

そんなジャンデレナの様子に、バリロッサは慌てて抱き寄せる。

自らの腕にジャンデレナを抱え、その頭を優しく撫《な》でた。

そんなバリロッサとジャンデレナの様子を、少し離れた場所から二人の人物が見つめていた。

通路に通じる扉に隠れるようにしている二人――ウリミナスとグレアニールである。

「……あの女達、ジャジャナとヤーヤーナ……いえ、ジャンデレナとヤンデレナをこのまま雇い続けてもよろしいので？」

魔忍族の衣装である忍装束を身につけているグレアニールは、口にあてている布越しに、ウリミナスにしか聞こえない声量で話しかけた。


――グレアニール。

元魔王軍諜報部隊「静かなる耳」のメンバー。

現在はフリース雑貨店の人事担当責任者を務めており、後輩の指導と同時に忙しい部門の手伝いを行っている。


グレアニールが駆使しているのは思念波魔法に近い会話魔法。

そのため、周囲の者にその会話を聞かれたとしても、その人間には雑多な会話にしか感じられない仕組みになっている。

そんなグレアニールの横で、腕組みをしているウリミナスは、小さくため息を吐《つ》いた。

「あの二人だって、バカじゃニャいニャ。最初はフリース雑貨店《ウチの店》の内情を探りに来たみたいニャけど、このまま闇商会の一員として働き続けるのと、このままフリース雑貨店《ウーチの店》で働くのとどっちが得か、すぐに判断出来るはずニャ……それに、ジャジャナは算術の能力が飛び抜けていて、アタシが苦労していた出納管理をアタシの三倍の速さで処理出来るし、ヤンデレナも接客において評価が高いニャ」

「……了解したでござる。では、再び闇商会の者達があの二人に接触しようとしてきたら、今までどおり排除、で、よろしいでござるか？」

「ニャ。それでよろしくニャ」

ウリミナスの言葉に頷くと、グレアニールはその場から瞬時に姿を消した。

それを横目で確認したウリミナスは、その視線をジャンデレナへ戻す。

（……あの二人は最初から邪《よこしま》な思いを抱いて侵入してきていたみたいニャけど、あの能力があれば、わざわざ後ろ暗い仕事に手を染めなくても、日の当たる場所で働けるって教えてあげれば、フリース雑貨店《ウーチの店》の戦力にもなるし……アタシだって元魔王軍ニャけど、そんなアタシをフリオ殿は疑う事なく迎えてくれたニャ……）

そんな事を考えているウリミナスの視線の先で、ジャジャナはようやく涙を抑え、その横にバリロッサが寄り添っていた。

◇神界の一角◇

神界。

その中央には神界を一望出来る大きな塔が建っており、その周囲には城が林立している。

この城ひとつでひとつの球状世界を管理しており、その城の中には女神と、その女神の使徒達が集っている。

その城の中のひとつ……

「はぁ……今日も神界は晴天ですねぇ」

その城の女神――マルンは、城の最上階の部屋の窓から外へ視線を向けていた。

大きく伸びをして、気持ちよさそうに息を吐き出す。

振り返ると、部屋の中央には大きな椅子があり、その隣には操作用の棒が突き出している。

棒の上では、球状の物体が室内に映し出されていた。

「うんうん。私の管轄しているパルマ球状世界は今日も平和みたいね」

その様子を見つめながら、マルンは満足そうに頷く。

映し出されている球状世界に向かって右手をかざし、指先を動かすと、その動きに連動して球状世界が小さくなっていく。

しばらくすると、その周囲にいくつかの球状の物体が出現した。

縮尺が小さくなったことで、パルマ球状世界の周囲に存在している他の球状世界が映し出されたのだった。

マルンがさらに右手を動かすと、映し出されている球状世界の前後に軌道を示す点線が出現し、そのまま伸びていく。

「ふぅん……とりあえず、このままだと、これから先半年は、パルマ球状世界の運行軌道に接近しそうな球状世界はなさそうね」

安堵《あんど》したように、大きく息を吐き出した。

「……それにしても、この間は本当にびっくりしたわ……クライロード球状世界がいきなり運行軌道をはずれて、私が管理しているパルマ球状世界にいきなり急接近してきたんですもの……」

それまでの笑顔から一転して、口をへの字に曲げ、疲れ切ったため息を漏らした。

「短期間に二回も球状世界を覆っている魔法防壁が破損したもんだから、セルブアちゃんが『もうやってられないわ！』って癇癪《かんしゃく》起こして、いきなり職場放棄して音信不通になっちゃったせいで、クライロード球状世界が一時期とはいえ制御不能状態に陥ってしまうし……。さらに運が悪いことに、そこでまた魔法防壁が破損して……いやぁ、あの時は、女神のウルちゃんのクライロード球状世界着任がもう少し遅かったら……」

それまで、表情豊かに独り言を呟《つぶや》いていたマルンだが、その表情がいきなり氷のような冷たさを帯びる。

「……パルマ球状世界を管轄する女神である私としては、私の球状世界を守るために、クライロード球状世界を破壊することも辞さなかったんだけど……」

そこまで口にしたところで、その表情が再びぱぁっと明るくなった。

「ま、結果的に、ウルちゃんが頑張ってくれたおかげで、クライロード球状世界の運行経路が元通りになったわけだし、ま、結果オーライってことでいいか」

マルンが椅子にどかっと腰を下ろす。

椅子の前には小さなテーブルがあり、その上にはケーキの乗ったお皿が置かれていた。

「それよりも、これよこれ！　パルマ球状世界のガタコンべって町にあるあのお店の、このカップケーキを食べないと一日がはじまらないのよねぇ」

満面の笑みを浮かべながらカップケーキを手にとり頬張った。

頬を膨らませ、子供のように夢中でカップケーキを食べる。

「それにしても……あれってば、どうなったのかしら……地下世界ドゴログマから浮上したっていう、謎の物体……噂《うわさ》じゃあ、昔、魔人の力によって複製された神界城が復活したんじゃないかって言われたりしているみたいだけど……」

室内に映し出されている球状世界達の様子を見つめながら、もう一個のカップケーキに手を伸ばす。

「ま、パルマ球状世界の運行には影響なさそうだし、ほっときましょ！　あ～ん」

そう言うと、新しいカップケーキを頬張っていく。

その顔には、子供のような笑顔が浮かんでいた。

◇ホウタウの街・フリオ宅近く◇

ホウタウの街のはずれにあるフリオ宅。

その手前には広大な牧場があり、その奥にはさらに広大な農園が広がっている。

そんな農園の近くに、一人の女の姿があった。

女はボロボロの外套《がいとう》を身にまとい、巨木の影に身を潜めている。

（……球状世界の魔法防壁がいきなり壊れたりするもんだから、癇癪起こして勢い任せて統括女神様に辞表を叩き付けたまではよかったのですが……これから先、私ってば、どうしたらよいのでしょう……）

思考を巡らせながら大きなため息を漏らすその女——元クライロード球状世界を管理していた女神セルブアであった。

「勢いに任せて神界を飛び出したのはいいけど……私ってば、神界生まれの神界育ちで、神界以外で知っている場所といえば、私がずっと管理していたこのクライロード球状世界くらいしかないのよねぇ……」

セルブアは再び重いため息を漏らす。

「……ひとつの球状世界には、多くの種族が暮らしている。球状世界を管轄するということは、その人達の命を預かるということ……頭ではわかっていたのですが……魔法防壁破損という、神界の歴史上、今までに数回しか起きていない非常事態が連続して発生したせいで冷静さを失い、感情的になってしまった……女神失格だわ……」

自嘲気味に、小さく笑みを浮かべる。

「……さて、なんとなくここに来てしまったけど……本当、これからどうしようかしら」

セルブアが俯《うつむ》いていた顔を上げる。

その眼前に、そっとグラスが差し出された。

「……え？」

困惑しながら、グラスへ視線を向けるセルブア。

その視線の先で、

「あはは、久しぶりだねぇ、セルブアちゃん。とりあえず、一杯どう？」

テルビレスがにへらぁ、と、笑みを浮かべていた。

匂いからして、グラスの中身は酒で間違いなかった。

テルビレス自身もすでに相当酔っ払っているのか、頬が上気し、上半身がゆらゆらと揺れ続けている。

「き、貴様！　テルビレス！」

テルビレスの顔を視認した瞬間、セルブアは目を見開いた。

「そもそもだな、貴様が修繕をしっかり行っていれば二回目の魔法防壁破損が発生しなかったのだ！　そうであれば、私が癇癪を起こして女神を辞める事にもならなかったし、貴様も女神として神界に復帰出来たかもしれないというのに……」

セルブアは肩をわなわなと震わせながら、テルビレスを睨《にら》みつける。

そんなセルブアを、テルビレスは相変わらず緊張感のない笑顔で見つめていた。

「まぁまぁ、セルブアちゃん、そんなに青筋たててないで……少し落ち着こう、ね？」

そう言って、グラスを再び差し出す。

その様子に毒気を抜かれた様子で、

「……まったく、お前というヤツは……」

怒りの表情を苦笑に変え、セルブアはグラスを手に取る。

「……まぁ、そうだな……全部済んだことだし、とりあえず一息つくとするか」

そう言って、グラスの酒を一気に飲み干す。

「んん!?　こ、これはまた、美味《おい》しい酒だな！」

「でしょ？　でしょ？　私ね、いろんなお酒を飲んでいっぱい研究して、このお酒を造っているんだけど、最近結構いい感じになってきてるのよねぇ」

「なんと!? こ、この酒をお前が造っているのか?」

「そうなのよぉ。お酒を買ってくると、ホクホクトンに怒られちゃうからさぁ。なら、買ってこないで造っちゃえばいいんじゃない?って思って頑張ってるんだぁ」

テルビレスは左手で持っていた一升瓶で、空になっているセルブアのグラスに酒を注いでいく。

「なんだ……女神としての魔力は膨大にもかかわらず、何をやらせても失敗ばかりだったお前に、まさか酒造りの才能があったとはな」

「あははぁ、私もびっくりなんだよぉ」

そう言いながら、テルビレスもまた自分のグラスに酒を注いだ。

二人は、互いに視線を交わすと、

「……とりあえず、今は久しぶりの再会に乾杯だな」

「だねぇ」

互いに笑みを交わすと、同時にグラスの酒を飲み干した。

二人の姿は、昼過ぎの陽光に照らされていた。


その夜……

農園の一角にある巨木。

そこに、ホクホクトンが歩み寄る。

「……ったく、なかなか帰ってこないと思ったでござるが、まさかこんなところで酒盛りしていたでござるとは……」

腰に手をあて、呆《あき》れかえった様子を見せていた。

その視線の先には、眠りこけているテルビレスの姿があった。

空になった五本もの一升瓶を大事そうに抱きかかえたまま、着衣を乱れさせ、眠り続けている。

「おい、こら駄女神、起きるでござる」

ホクホクトンがその頬を人差し指でつつく。

しかし、テルビレスが目を覚ます気配はない。

「ったく、仕方ないでござるな」

大きなため息を漏らすと、テルビレスの体を背負う。

「ったく、本当に手のかかる駄女神でござ……」

そこで、ハッとなり、動きを止める。

その視線の先に、もう一人の女の姿があった。

完全に酔い潰れているその女——セルブアは、テルビレス同様に眠りこけており、着衣を乱れさせたまま一升瓶を抱きかかえている。

ホクホクトンは、そんなセルブアを困惑した表情で見つめた。

「……まさか、この女も……テルビレスの仲間でござるか？」

困惑しきりといった様子で、セルブアの様子を観察する。

視線の先でセルブアは、顔を真っ赤にしたまま眠っており、起きる気配はない。

「……ったく、ここにこのまま放置しておくわけにもいかぬでござるか……」

やれやれといった様子でセルブアに近づくと、その体を自らが背負っているテルビレスの上に放り上げた。

結果として、ホクホクトンは二人の女神を背負った格好となっていた。

「……ったく、何が楽しくて、こんな酔っ払い女達の世話をしてやらねばならぬでござるか……」

ブツブツいいながらも、二人が落ちないように気を配りながら夜道を進んでいく。

そんなホクホクトンの背中で、二人の女神達は幸せそうな笑顔を浮かべながら眠り続けていたのだった。

◇地下世界ドゴログマのとある一角◇

地下世界ドゴログマの渓谷の一角。

そこに、一人の小柄な女の子の姿があった。

「……ど、どういう事なのさ……」

呆然《ぼうぜん》とし、前方を見つめているその女の子——ドライビーン。

手に持っているステッキは、真っ二つに折れたのをどうにかつないでいる状態で、以前のように人を乗せて浮遊する能力はなかった。

ステッキの先は、それでも小さく光っており、ドライビーンの前方を指し示している。

「ス、ステッキの反応からしたら……こ、ここにボクの天空城があるはずなのに……」

呆然としているドライビーンの前方、渓谷の一角には、確かに何か巨大な物体がそこにあったと思われる痕跡はあるのだが、肝心な、巨大な物体——ドライビーンが探している天空城の姿は跡形もなかった。

「は、はは……ち、ちょっと待ってよ……」

乾いた笑いをその顔に浮かべながら、その場に崩れ落ちた。

「ボクが産みだした荷馬車魔人アルンキーツは、金髪勇者とかいう優男に取られちゃうし……それでも、あの男に叩き落とされたおかげで、この地下世界ドゴログマに侵入出来たから……この世界に落下していたボクの天空城にたどりつく事さえ出来れば、どうにかなるかもしれないと思って……必死になってここまでたどりついたっていうのに……はは……ははは……」

その場に崩れ落ちたまま、呆然とした笑い声を漏らす。

「……確かに……ここに痕跡はあるのに……お城……どこにもないなんてさぁ……あはは……これじゃあ、ボク……もう、どうにもならないじゃん……」

乾いた笑いを浮かべたままのドライビーンは空を仰ぎ見る。

「……転移の杖《つえ》も壊れちゃったし……地下世界ドゴログマから脱出する方法もないし……これからどうしたらいいんだろう……これって……好き勝手やってきたバチがあたったのかなぁ……ははは」

乾いた笑い声が渓谷に響いていた。

渓谷の近く。

空中を、数人の神界の使徒が浮遊していた。

「……確か、このあたりのはずなのだが……ん？」

先頭を飛行していた一人の使徒が、前方を凝視する。

「あそこにいるのは……間違いない、ドライビーンだ」

渓谷の一角で倒れ込んでいるドライビーンに気付いたその使徒は、飛行する速度を上げた。

「球状世界間を好き勝手に移動し、好き勝手やってきた神界の指名手配犯ドライビーン、ここできっちり捕縛します」

そう言うと、神界の使徒が右手を大きく振りかぶる。

同時に、その姿は人型から、半身が幼女半身が骸骨の姿へと変化し、その手に巨大な大鎌が出現する。

その後方に付き従っている神界の使徒達も同様の姿に変化し、先頭を進む神界の使徒に続く。

ドライビーンが神界の使徒達に捕縛され、神界へ連行されたのはこの後すぐの事だった。

◇ホウタウの街のとある家◇

ホウタウの街のメインストリートから少し離れた住宅街。

その一角に、一軒の木造の住宅があった。

「ただいまぁ」

その家の扉を開け、家の中に入っていったのはレプターだった。

「おぉ、レプターか。お帰り」

それを、室内にいた中年の蜥蜴《とかげ》人が出迎えた。

「ただいまレプトール父さん」

そんな父に、レプターが笑顔で返事をする。


——レプター。

ホウタウ魔法学校の卒業生の蜥蜴族の男子。

在学時からリスレイと仲がよいのだが、リスレイの父スレイプに目の敵にされている。

「今日の仕事はどうだった？」

「いつもどおりさ。忙しいけどやり甲斐《がい》があるから楽しいんだ」

笑顔で力こぶのポーズを見せるレプター。

「それよりも、父ちゃんの仕事の方はどうなんだい？」

「あぁ、ワシの方も順調さ。定期魔導船が出来た時にはどうなるかって思ったけど、定期魔導船を運航しているフリース雑貨店さんが、俺達のような運送屋にも積極的に仕事を回してくれているからな。おかげで結構忙しくしているぞ」

レプターの父であるレプトールもまた、レプターに向かって力こぶのポーズを返した。

「そっか、それならよかった」

笑顔で頷くレプターに、ふと思い出したかのようにレプトールが口を開く。

「そういえば……数年前なんだが、まだクライロード魔法国の王様が前の男性だった頃なんだがよ、城の命令でデラベザの森へ人を一人送り届けた事があるんだが……」

「あぁ、なんか昔そんな事を言ってたね」

「あぁ、それなんだけど……最近、なんかあの人の事をよく思い出すんだ……フリース雑貨店の店長さんに雰囲気が似ているというか……いや、でもあの時のお人は、もっと中性っぽかったっていうか……見た目も違うし……」

レプトールが腕組みして考え込む。

「まぁ、他人のそら似って言葉もあるし、そんなんじゃないの？」

「そうだな……言われてみればそうかもしれねぇな」

納得したように頷くレプトール。

「よし、んじゃ、この話はここまでだ……んで、レプターよ、あの嬢ちゃんとの関係はどうなっているんだ？　ほれ、あのリスレイちゃんっていう……」

いきなりリスレイの名前を出されて、レプターは思わず吹き出した。

「なんで父ちゃんがリスレイの事を知ってるんだよ!?」

「いや、何、フリース雑貨店に荷物を受け取りに行ったら、そのお嬢ちゃんが声をかけてくれてな『レプター君にはいつもお世話になっています』って言われたんだ。そりゃ、父親として気にならない方がおかしいってもんだろう？」

蜥蜴人族特有の尻尾で、レプターの背中をバシバシと叩く。

「ちょ、は、恥ずかしいからその話はまた今度な」

そう言うが早いか、レプターは自室に逃げ込んだ。

そんなレプターの後ろ姿を見送ったレプトールは、

「青春だねぇ、うん、うん」

嬉しそうに笑みを浮かべながら、何度も頷いた。

（……父一人とはいえ、しっかり育ててきた一人息子だが、ちゃんと彼女まで作っていたとはなぁ……うん……うん……）

◇ホウタウの街・定期魔導船のドック◇

この日、フリオは定期魔導船のドックにいた。

一番奥にある修理用のドック。

そこには、先日地下世界ドゴログマから持ち帰った神界城が置かれている。

飛翔《ひしょう》魔法で宙に舞うと、城の一番上部の部屋へと入っていく。

その中には、椅子と、棒状の物体があった。

「さて……エリナーザばかりに無理をさせるわけにはいかないからね」

そう言うと、魔法袋の中から何かを取り出した。

それは、黄金の色をしているガントレットだった。

（……神界魔法を解析していたら、これを作成する魔法があったんだよね……エリナーザも言っていたけど、魔法って本当に奥が深い……掛け合わせる事で全く別の効果を発したり、発動条件を意図的に変更する事で、こういった魔法道具を作成する事が出来るようになったり……）

そんな事を考えながら、ガントレットを右手に装着したフリオは、ガントレットで棒状の物体を摑《つか》んだ。

「この棒状の物体って、この神界城のコントロール用の桿《かん》みたいなんだよね」

小さく呟《つぶや》きながら眼《め》を閉じる。

次の瞬間、膨大な情報がフリオの脳内に流れ込んでくる。

(……この感覚、ちょっと苦手なんだけど……エリナーザだってやっているんだし、僕も頑張らないと……)

フリオは意識を集中し、脳内に流れ込んでくる内容を解析していく。

最初こそ、その内容がまったく理解出来ていなかったものの、徐々に流れを止めたり、拡大したり、巻き戻したりする方法を取得し、その内容をじっくり精査する事が出来るようになっていく。

そのまま、一刻近く情報を解析し続けていたフリオは、ようやくその手を棒状の物体から離した。

大きく息を吐き出し、その場で伸びをする。

「今日わかったのは、この神界城を使用すれば、転移魔法を使用しなくても他の球状世界の魔法防壁を無効化して侵入する事が出来るって事と、模倣品だけど、神界へ侵入する事も可能って事と、そのやり方……」

この日、覚えた内容を反復しながら，再度その場で伸びをした。

「こんな事を、簡単に出来るなんて……エリナーザはやっぱりすごいんだな、って、あれだけ魔法の勉強をしているんだし、それも当然だよね」

納得したように頷くと、

「さて、そろそろナニーワの街のフェタベッチさんが商談でフリース雑貨店に来店される時間だし、急いで向かわないと」

右手を伸ばして詠唱する。

その手の先に魔法陣が展開し、その中から扉が出現していく。

フリオがその扉を開けると、その向こうにはフリース雑貨店の店内が広がっていた。

そんなフリオの姿に気がついたダマリナッセが、

「あぁ、フリオ様いらっしゃい」

笑顔で声をかけた。


――ダマリナッセ。

暗黒大魔法を極めた暗黒大魔導士。

すでに肉体は存在せず、思念体として存在している。

ヒヤに敗北して以降、ヒヤを慕い修練の友としてヒヤの精神世界で暮らしている。


「やぁ、ダマリナッセ。今日は具現化しているんだね」

「なんかさ、今日はいつも以上に店が混雑しているから、お前も働けってヒヤ様に言われてさ。あ、そういえば、さっきフェタベッチさんが来てさ、バリロッサが応接室に通してたっけ」

「あ、もう来られたんだ。教えてくれてありがとう、すぐに向かうよ」

フリオとダマリナッセが、そんな会話を交わしている中、魔法扉がゆっくりと消えていった。

静寂が戻った神界城の中……

窓の外からエリナーザがひょっこりと顔を出した。

「パ、パパってば……ガントレットを独学で作っちゃうなんて、すごすぎるんだけど」

頬を上気させたエリナーザは、先程ガントレットを腕にはめていたフリオの姿を思い出し、熱い吐息を漏らしていた。

「それどころか、私が解読するのに半年かかった神界城の情報解析まで出来ちゃうなんて……もう本当にすごすぎるわ」

先程までフリオが解析を行っていた棒状の物体を素手で触りながら、再び熱い吐息を漏らす。

「はぁ……素敵……やっぱりパパってばすごすぎる、尊敬を通り越して、もう神！　そう私にとってパパは神よ、神」

そんな言葉を呟き続ける。

「……でも、こうしてはいられないわ。そんなパパの力になれるようもっともっと頑張らないと……さぁ、早速神界城の解析を……」

魔法袋からガントレットを取り出すと、それを右手にはめ、棒状の物体へ触れていく。

こうして、魔法に関する勉強に没頭し過ぎるあまり、今まで以上に出会いがなくなっているエリナーザだった。

あとがき

この度は、この本を手に取って頂きまして本当にありがとうございます。

『Ｌｖ２チート』も今回で16巻に突入しました。

今巻では、仲間を大事にする気持ちをテーマにして、フリオ家の面々が楽しんでいる情景と、目立たないところで起きていた出来事などを取り上げています。

金髪勇者もまいどまいどの活躍にみせてのお騒がせ案件ですが、そんな中、仲間のみんなの事を思いやっている、そんな優しさにも注目してみてください。

今回も、すっかりお馴染《なじ》みになったコミカライズ版『Ｌｖ２チート』との同時発売になっており、原作者といたしまして、そちらも9巻を迎える事を喜んでおります。

そして、来年放送でいよいよアニメ化も発表されまして、私も読者の皆様と一緒に盛り上がっております！　これも全て応援してくださっている皆様のおかげです。本当にありがとうございます。

最後に、今回も素敵なイラストを描いてくださった片桐《かたぎり》様、出版に関わってくださったオーバーラップノベルス及び関係者の皆さま、そしてこの本を手に取ってくださった皆様に心から御礼申し上げます。

二〇二三年十月　鬼《き》ノ城《じょう》ミヤ

作品のご感想、
ファンレターを
お待ちしています

あて先

〒141-0031　東京都品川区西五反田 8-1-5 五反田光和ビル4階
ライトノベル編集部
「鬼ノ城ミヤ」先生係／「片桐」先生係

スマホ、PCからWEBアンケートにご協力ください

アンケートにご協力いただいた方には、下記スペシャルコンテンツをプレゼントします。
★本書イラストの「無料壁紙」　★毎月10名様に抽選で「図書カード（1000円分）」

公式HPもしくは左記の二次元バーコードまたはURLよりアクセスしてください。
▶ **https://over-lap.co.jp/824006356**
※スマートフォンとPCからのアクセスにのみ対応しております。
※サイトへのアクセスや登録時に発生する通信費等はご負担ください。

オーバーラップノベルス公式HP ▶ **https://over-lap.co.jp/lnv/**

Lv2からチートだった元勇者候補のまったり異世界ライフ 16

発行　2023年10月25日　初版第一刷発行

著者　鬼ノ城ミヤ
イラスト　片桐

発行者　永田勝治
発行所　株式会社オーバーラップ
〒141-0031
東京都品川区西五反田8-1-5
校正・DTP　株式会社鷗来堂
印刷・製本　大日本印刷株式会社

ISBN 978-4-8240-0635-6 C0093

【オーバーラップ　カスタマーサポート】
電話　03-6219-0850
受付時間　10時～18時（土日祝日をのぞく）

著 しんこせい
イラスト ろこ
宮廷魔導師、
追放される
The court wizard was banished.
――無能だと追い出された
最巧の魔導師は、部下を引き連れて
冒険者クランを始めるようです――
コミックガルドにてコミカライズ!!!!!!
その宮廷魔導師、
史上最強
OVERLAP NOVELS
魔物の討伐に明け暮れる任務をこなしていた宮廷魔導師アルノード。
しかし功績が認められず、最強の魔導師『七師』としての責務を果たしていないと
国外追放を言い渡されてしまう。
アルノードは同じく不遇な部下を引き連れ隣国へ向かうことに――。

OVERLAP NOVELS
Author 土竜
Illust ハム
「モブ」に徹したいのに、
なんでみんな
僕に構うんだ!?
キモオタモブ傭兵は、
身の程を弁《わきま》える
実は超有能なモブ傭兵による
無自覚爽快スペースファンタジー！
「分不相応・役者不足・身の程を弁える」がモットーの傭兵ウーゾス。
どんな依頼に際しても彼は変わらずモブに徹しようとするのだが、
「なぜか」自滅していく周囲の主人公キャラたち。
そしてそんなウーゾスを虎視眈々と狙う者が現れはじめ……？

OVERLAP NOVELS
太っちょ貴族は迷宮でワルツを踊る
著：風見鶏
イラスト：緋原ヨウ
Kazamidori
illust.
Yoh Hihara
The fat noble dances a waltz in the labyrinth
コミックガルドでコミカライズ!
貴族の矜持を胸に、魔物と踊れ。
食べてばかりの貴族の三男・ミトロフは家を追放された。生きるため、食事のために迷宮に潜るミトロフは、ワケありなエルフの少女・グラシエと出会い、彼女と共に迷宮攻略へと繰り出していく――。

コミカライズ連載中!!
お気楽領主の
okiraku ryousyu no tanoshii ryouchibouei
楽しい
領地防衛
～生産系魔術で名もなき村を
最強の城塞都市に～
Sou Akaike
赤池宗
illustration 転
ハズレ適性の生産魔術で
辺境を最強の都市に!?
転生者である貴族の少年・ヴァンは、魔術適性鑑定の儀で“役立たず”
とされる生産魔術の適性判定を受けてしまう。名もなき辺境の村に
追放されたヴァンは、前世の知識と“役立たず”のはずの生産魔術で、
辺境の村を巨大都市へと発展させていく——！
OVERLAP NOVELS